SAFRAS DA OLHALVA

Augusto Deodato Guerreiro

ALMADA, Janeiro 2016

TÍTULO: Safras da Olhalva (Romance)

AUTOR: Augusto Deodato Guerreiro

CAPA E PAGINAÇÃO: Isilda Marcelino

ILUSTRAÇÃO DA CAPA: António Saiote

IMPRESSÃO E ACABAMENTO: Serisexpresso, Lda

DEPÓSITO LEGAL: 404874/16

ISBN: 978-972-95206-6-2

TIRAGEM: 100 ex.

1.ª Edição, Janeiro 2016

EDLARS – Educomunicação e Vida
e-mail: *edlars.educomunicacaoevida@gmail.com*
blog: *deodatoguerreiro.blogspot.pt*

SAFRAS DA OLHALVA

SÍNTESE BIOBIBLIOGRÁFICA DO AUTOR

- Natural de Alvalade Sado, concelho de Santiago do Cacém e distrito de Setúbal – Portugal.

- Agregado em Ciências da Comunicação, Especialidade Comunicação e Cultura Inclusivas (UTAD);

- Doutor em Ciências da Comunicação, Especialidade Comunicação e Cultura (UNL).

- Professor Catedrático com Agregação na Escola de Comunicação, Arquitetura e Urbanismo, Artes e Tecnologias da Informação (ECATI) da Universidade Lusófona de Humanidades e Tecnologias (ULHT).

- Investigador do CIC-Digital (CICANT/ECATI/ULHT), simultaneamente Diretor da Linha de Investigação em Linguagens Especiais e Novas Tecnologias desta Associação científica.

- Fundador de diversos eventos histórico-culturais e científicos e de investigação avançada.

- Diretor científico do Mestrado em Comunicação Alternativa e Tecnologias de Apoio; das PG's/Cursos de Formação Especializada em "Educação Especial de Alunos Cegos e com Baixa Visão", "Comunicação Alternativa e Tecnologias de Apoio", "Comunicação Inclusiva em Intervenção Precoce na Infância" e "Comunicação e Mediação Cultural na Cidade para Todos"; do Seminário Nacional anual, no âmbito do Mestrado em Comunicação Alternativa e Tecnologias de Apoio, realizado na ULHT nos seguintes domínios: 2016. VIII Seminário Nacional «Literacias Inclusivas e Tecnologias de Apoio: Impacto Educomunicacional no Direito à Participação Social e Qualidade de Vida das Pessoas com Deficiência»; 2015. VII Seminário Nacional «Comunicação Inclusiva em Intervenção Precoce na Infância: Desafios e Propostas»; 2014. VI Seminário Nacional «Educomunicação e Cultura Inclusivas»; 2013. V Seminário Nacional «Especificidades Comunicacionais na Educomunicação no Século XXI: Relacionamento e Interação no Desenvolvimento Humano Inclusivo»; 2012. IV Seminário Nacional «Comunicação e Cultura no Desenvolvimento Humano: Teorias e Boas Práticas Inclusivas»; 2011. III Seminário Nacional «Comunicação e Educação Inclusivas: Metodologias e Estratégias»; 2010. II Seminário Nacional «Comunicação, Inclusão e Qualidade de Vida: Desafios e Propostas»; 2009. I Seminário Nacional «Capacidade para Comunicar e Interagir: Um Novo Paradigma para o Direito à Participação Social das Pessoas com Deficiência».

- Diretor/orientador de investigação avançada e Teses de Doutoramento em Portugal e em Espanha, designadamente na Universidade Complutense de Madrid.

- Também foi fundador e Diretor de "Dinamização Cultural: Revista Áudio da Câmara Municipal de Lisboa"; da Biblioteca Ciências da Educação da Associação Promotora do Ensino dos Cegos; da Research and Training Unit in Information Retrieval da International University of Third Age (UITI)/Portugal.

- Coordenador do evento científico-cultural "Quartas Culturais" da CMLisboa; do evento científico online Forum Interactivo "o Mundo da Vida" Inclusivo da CMLisboa-ECATI/ULHT-ISS; do Gabinete de Referência Cultural – Pólo Interactivo de Recursos Especiais da CMLisboa; das Atividades Culturais das Bibliotecas Municipais da CMLisboa.

- Foi Coordenador da Biblioteca Municipal Camões (a primeira biblioteca inclusiva em Portugal) da CMLisboa; Coordenador Nacional do Grupo de Trabalho para a Leitura Pública, com assento no Conselho Técnico Nacional da Associação BAD/ /Portugal.

- É Personalidade de reconhecido mérito no Núcleo Braille e Meios Complementares de Leitura/Instituto Nacional para a Reabilitação, I.P. (INR), desde 2010, e da Comissão de Braille/por Despacho Interministerial, 1998-2003.

- É Membro cofundador da Associação de Ciências da Comunicação (SOPCOM/ Portugal); sócio da Associação Portuguesa de Escritores e da Sociedade Portuguesa de Autores, sendo ensaísta e amante das letras, músico e compositor.

- Estando ligado ao associativismo, sobretudo tiflológico, desde há cerca de cinco dezenas de anos, tem vindo a desenvolver atividades no domínio e a desempenhar cargos diversos, inclusive como Presidente.

- Foi funcionário da Câmara Municipal de Lisboa, de 16 de abril de 1973 a 31 de março de 2010, onde ingressou como Auxiliar de Catalogação e atingiu o topo da carreira Técnica Superior como Técnico Superior (de Bibliotecas e Documentação) Assessor Principal.

- Foi Operário Metalúrgico na Fábrica de Máquinas de Escrever MESSA durante quatro anos.

- Tem uma vasta obra publicada (32 livros, incluindo os em coautoria e com prefácio e posfácio, e para cima de duas centenas e meia de artigos), essencialmente nas áreas das Ciências Documentais, Ciências da Comunicação e Ciências da Educação, da Tiflologia e da Deficiência em geral, da História e da Literatura.

I – NO MONTE DA ODISSEIA

O que, desde o princípio dos tempos, se diz, o que se configura nos mais diversos formatos e suportes, passando pelas pinturas rupestres, complexos pictográficos, o que se representa em grafismos, o que se escreve grafico-foneticamente correto, tem vindo a sistematizar-se e a converter-se numa desmedida multiplicação progressiva da evolução humana e, ao mesmo tempo, num vertiginoso aumento e avolumar de saberes em todas as áreas do conhecimento e da história universal. De resto, em sintonia com Borges (1899-1986), "todas as coisas do mundo conduzem a um encontro ou a um livro", "o livro é a grande memória dos séculos", "se os livros desaparecessem, desapareceria a história e os homens". Cada um de nós é um grande livro, cada civilização é um enorme livro, que nunca acabaremos de ler, o mundo, o universo, é um incomensurável e infinito livro, a cuja totalidade também nunca teremos acesso. A história civilizacional e dos feitos das diversas civilizações, que nos tem vindo a chegar, retrata e radiografa a representação e significação de todos os momentos e de todos os passos dados na edificação e consolidação do mundo em que vivemos e que também somos... A significação, que se traduz na inteligibilidade humana de tudo o que somos, de tudo o que nos rodeia e do mundo global e cosmopolita, tem a função de nos contextualizar e legitimar no sentido da vida de todos os seres vivos e do universalmente observável, vivido e vivenciável. Desde o início de sinais da imanência pensante até aos dias hodiernos, temos vindo a posicionar-nos e a reposicionar-nos nas diferentes vertentes por que optamos ou para que somos empurrados, mas onde o espírito comunitário e a solidariedade obrigatoriamente deverão estar, e a participação social ativa e a cultura da partilha também deverão imperar, de modo a que todos estejamos no pleno exercício das nossas faculdades e compreensão do mundo, para cuja formação e significação temos vindo a contribuir, sobrepondo aos egoísmos e fundamentalismos a solidariedade e as culturas da escuta, da partilha, da aceitação mútua nas diferenças (de natureza societal ou civilizacional, física ou biofísica, sensorial ou sociocognitiva, atraso global do desenvolvimento ou intelectual...), da intercompreensão humana ou humanização do relacionamento e da interação na sociedade, da própria sociedade, do maravilhoso mundo que nos foi legado para, numa fecunda dimensão e profundidade, tratar e desenvolver, eticizar, humanizar.

Nos insondáveis desígnios e na natural coevolução da vida que nos abraça e que nos deve unir, todos os tempos são tempos de reflexão e reconciliação, de intercompreensão e revitalização, como as flores que às vezes estão baças pela ausência de um olhar que as vivifique, mas que ficam viçosas quando abraçadas pela chuva do reconforto e da esperança. Não há ninguém que não goste de flores e que não tenha dentro de si flores! Todos podemos ser lírios do vale, que aludem à felicidade e ao bem-estar objetivo por que todos temos de lutar; cravinas, simbolizando a coragem que nunca podemos deixar que nos falte; jacintos, como prova da constância do amor uns pelos outros na vida que tem de ser bela para todos; heras, como sentimento de fidelidade pela promoção e defesa dos grandes valores humanos; murtas, significando o casamento não só matrimonial, mas também no sentido genérico e nobre da verdade e da dignidade que sempre temos de assumir nos compromissos, não nos divorciando deles. Como "a sabedoria é a parte suprema da felicidade" (Sócrates, 469 ou 470-399 a.C.), encontramo-nos todos nesse contexto sublime, embora de formas e comportamentos diferentes. No entanto, parece que bem convictos de que somos iguais... mas cada um é igual a si mesmo... usamos as nossas diferenças para aliviar ou eliminar as dificuldades ou necessidades uns dos outros e também para promover a harmonia, a solidariedade, a participação social, a partilha.

Somos um mundo de igualdades e diferenças, de profundas diferenças! Há os que abarrotam de fartura e opulência, cerca de um quarto dos já mais de sete biliões de pessoas no mundo inteiro, e os que vegetam e morrem à míngua e na infame miséria, diariamente aos milhões, que são os outros três quartos da população mundial! Somos um megapuzzle humano, em permanente humanização e inconclusão, mas num propósito de infinito aperfeiçoamento, num percurso onde existem lágrimas, dor, falhas, pedras e pedragulhos de diferentes naturezas nos nossos caminhos, no caminho de cada um de nós, obstáculos igualmente da mais diversa índole...

As lágrimas são o arco-íris das nossas almas, irrigamos com elas a nossa tolerância (que Victor Hugo (1802-1885) diz ser "a melhor das religiões"), a nossa paciência, e a possível dos outros, para que se mantenham viçosas como as promissoras primaveras, ajudando a gerar e a estabelecer consensos para a intercompreensão e paz no mundo. Dizia o Rei Salomão que "a pessoa de mau génio sempre causa problemas, mas a que tem paciência traz a paz". As pedras e pedragulhos de diferentes naturezas que nos surpreendem e nos magoam ao longo dos nossos caminhos, acabam por nos refinar o espírito de solidariedade e da partilha, da própria paciência, que tem mais poder do que a força, no dizer de Plutarco (46-120). E é cientes desta inquestionabilidade, que devemos fomentar e promover as competências do amor e da cultura da aceitação mútua, em vez da simples cultura da tolerância, porque esta, em certa medida, tem vindo a exorbitar da génese da sua fundamentação e a assumir ou a camuflar o sentimento da opressão e da arrogância.

Ninguém cresce sem dificuldades, sem obstáculos, sem pedras ou pedragulhos no caminho. Todos vamos crescendo com as dificuldades e as falhas em que as circunstâncias nos fazem incorrer, mas é com essas dificuldades e falhas que vamos esculpindo aos poucos a nossa serenidade e capacidade de humor na competência para promover o entendimento e a união das pessoas no mundo. E ninguém cresce em dignidade sem ter ou sem conviver com algum tipo de dor, e com ela lapidar por vezes o prazer. Tudo isto significa que, se não nos confrontarmos com obstáculos ao longo da vida, as janelas da nossa inteligência nunca serão abertas. As lágrimas, os pedragulhos naturais e humanos que nos surpreendem, perturbam e torturam, as dores de diferentes etiologias, as falhas, dificuldades e obstruções fazem-nos abrir, amplamente e com segurança, as janelas da inteligência e intelecção emocional, da prudência e paciência, da aceitação mútua, da solidariedade participação social ativa, da partilha, do espírito de equidade nos direitos humanos e na igualdade de oportunidades para todos, da afetividade e da cidadania, da indulgência e coesão social.

Diogo e Joana, um casal com uma graciosidade e um relacionamento invulgares, cujo admirável e invejável comportamento feliz chegava a impressionar e a desapontar as outras pessoas. Antes e depois dos seus dois filhos nascerem, sempre procuravam disponibilidade e espaço para viajar e conhecer mais e melhor o seu país, Portugal. Nas viagens longas que faziam de comboio, também costumavam ler, partilhavam leituras e conhecimentos, jogavam xadrez... tempos vazios de ocupação, só quando dormiam. Mesmo depois de comprarem automóvel, sempre que possível, viajavam de comboio e de autocarro, já com os dois filhos ainda crianças, um de seis anos, o Rodrigo, e outro ainda bebé, com dois anos, o Simão, pois há uma diferença de quatro anos de idade entre ambos.

Num dia de primavera já avançada, em que o sol e o azul do céu convidavam a viajar, Diogo incentivou Joana e os filhos a fazerem um passeio, recheado de estórias verdadeiras, a maior parte delas relacionadas com a infância e o crescimento de Diogo.

— Hoje vamos no nosso Renault 5 fazer um grande passeio. É surpresa. — Diz Diogo, entusiasmando os três com a sua determinação e alegria.

— Vamos a que sítio, então? — Pergunta Joana, querendo adivinhar, logo seguida da mesma questão colocada por cada um dos filhos.

– Bom, assim deixa de ser surpresa. Mas vou guardar surpresas para intercalar nesta viagem e na visita que vamos fazer. Vou mostrar a vocês o sítio muito bonito, onde a avó Armanda e o avô Pedro se conheceram, casaram e viveram, onde nascemos, eu, os vossos tios Marcelo e Luís, meus irmãos e cunhados da mamã, portanto. – Esclarece de imediato Diogo – Daqui lá, caminhando para Sul, ainda são, desde Lisboa, uns 150 quilómetros. No nosso carrinho, demoraremos à volta de umas três horas.

Fizeram uma viagem imensamente divertida, recheada das muitas estórias que Diogo e Joana iam contando, acerca dos diversos lugares por onde passavam. Como o monte da Odisseia fica no Baixo Alentejo, na parte litoral, também a questão da diferente morfologia geográfica do país não deixou de ser bem referida, inclusive a magia alentejana, a que tantos autores fazem alusão.

– É uma grande herdade florestal e de caça. – Adianta Diogo – À medida que formos entrando na herdade e encontrando pessoas, penso que serão poucas, apenas uma ou duas, temos de nos ir apresentando e cumprimentando as que nos forem surgindo, porque podem começar logo a dizer que vamos lá para "bispar", que quer dizer ver o que se passa, espreitar para ir contar. Aprendi este vocábulo e outros, que se usam naquela zona campestre, na freguesia de Al-Balad, com o avô Pedro e com a avó Armanda. No Monte da Odisseia, onde nascemos e crescemos os três, eu costumava ouvir dizer que os "sagorros", termo por que eram designados os maltezes ou pedintes, também iam bispando por onde iam passando, para contar aqui e além a "liorna", que era a desorganização ou os desarrumos que encontravam em cada monte ou propriedade, num "sansonete", estórias teatralizadas, que punha as orelhas dos expectantes no ar, numa diversão e algazarra bem galhofada perante o que ouviam contar em relação ao que se passava nas herdades vizinhas. Se se aproximàsse um "peso de água", que era o céu plúmbeo de água eminente, trovoada ou grande quantidade de nuvens negras que ameaçavam cair numa enorme "zipada", que significava grande bátega de água, chuva a cântaros, esta forma de cusquice, contar o que bispavam nas herdades vizinhas, garantia-lhes o convite para entrarem na casa, abrigarem-se do frio e da chuva e serem obsequiados com uma comida quentinha. Às vezes a comida era tanta que até se viam "a traquetes", que quer dizer aflitos para a meter toda na barriga, porque não sabiam se, no dia seguinte, haveria alguma coisa para engolir. Alguns eram uns autênticos "lorpas", queriam tudo o que fosse comível para si, para comer logo ali. Apesar de cientes da ladainha "quem o come em chibo não o come em bode", preferiam esquecer o "bode" e jogar pelo seguro, comer o "chibo", ficando, por vezes, a "impar", que quer dizer a gemer de fartos, a emitir sons do incómodo que o estômago demasiado cheio causa. As pessoas que por ali habitualmente trabalhavam eram os chamados ganhões, sendo o ganhão um homem que trabalha a dias, à jorna. Ainda me lembro de ver os ganhões, ao Domingo, a comerem "alcagoitas", nome dado aos amendoins, que era uma espécie de entretenimento fino do estômago ao fim de semana, para aqueles que iam à vila e voltavam, a pé. "Comem alcagoitas e arreganham a taxa". Dizia a avó Armanda. "Arreganhar a taxa" significa rir-se de boca escancarada. Ouvimos tantas palavras diferentes daquelas que usamos na cidade, que, de vez em quando, até nos parece que estamos a escutar outra língua. São termos que, à medida que as pessoas mais velhas vão partindo, vão perdendo o seu uso, vão sendo esquecidos, vão desaparecendo na história da língua portuguesa, vão morrendo também.

— Tantas coisas interessantes que já disseste, papá! — Diz Rodrigo, entusiasmado.

— Dizes muitas coisas bonitas, papá! — Repete Simão, igualmente alegre.

— Bem, estamos quase a entrar na herdade... — Adverte Diogo. Entram devagar, com o motor do carro a trabalhar quase em silêncio, e, quando já um meio quilómetro dentro da herdade, Diogo para e desliga o carro, saem os quatro e ficam a respirar o ar puro que só os lugares recônditos em florestas deste tipo podem produzir. Simão e Rodrigo começaram logo a correr de um lado para o outro.

— Aqui há raposas, papá? — Pergunta Rodrigo.

– Sim, há raposas, mas aqui quase ninguém conhece o termo raposa. O termo aqui é "zorra". Também quando se ouve zurrar um burro, diz-se que o burro está a "zurnar". Também há aqui gatos bravos. Os bebés que só gatinham ainda, diz-se que "andam de engatinhas". Se estão nus, sem roupa, sejam crianças ou adultos, diz-se que "estão de em pelão". Aos saltitões, como tu, Simão, chamam-lhes "salta-pocinhas". – Todos gargalharam.

– E também havia castigos, papá? – Pergunta Rodrigo.

– Claro que sim! Às vezes até havia sovas, grandes sovas! Às grandes sovas ou tareões chamavam-se "tunas de porrada", um "camasso" ou um "camassão", uma "empadura" ou um "empadão", que queria dizer uma grande carga de porrada!

– E tu também levaste alguma vez uma empadura, papá? – Pergunta Rodrigo.

– Sim, quando me portava muito mal, quando me escondia e o avô Pedro e a avó Armanda não me encontravam, aborreciam-se imenso e, merecidamente, levei alguns camassos... era cada empadão... E às vezes levava mais porque ia defender o tio Luís ou o tio Marcelo, quando faziam maldades e tinham que levar umas boas palmadas.

– E não havia mais meninos... e meninas, para além de ti e dos tios, papá? – Pergunta Simão.

– Sim, havia, os filhos e as filhas dos Guardas Florestais que iam passando por lá... de quando em vez mudava o Guarda Florestal... e as meninas que gostavam de brincar com os meninos eram chamadas de "machorras", assim apelidadas as moças por brincarem com os moços, os machos. Os moços, de propósito às vezes, davam sumiço a coisas, "dar sumiço" quer dizer fazer desaparecer qualquer coisa, e depois diziam que tinham sido as machorras, usando o termo dos adultos. Até se descobrir o culpado, os moços empatavam, empatavam, "empatar" aqui significava fazer perder tempo ou atrasar a descoberta do que tivesse sido feito desaparecer... E depois, quando as moças diziam que tinham sido os moços, eles "arremedavam-nas", ou seja, imitavam-nas, o que causavam sempre alguns "apelhos" de discórdia entre moços e moças.

— O que é isso de "apelhos", ou lá o que é, papá? — Pergunta Simão.

— "Andar aos apelhos" com alguém é tentar agarrar esse alguém, tentar beijar ou apalpar alguém... Era um termo que o avô Pedro costumava usar, mesmo quando se referia a um namorado que queria agarrar a namorada e beijá-la. — Todos riram com o termo, repetindo-o Joana, Simão e Rodrigo, a gargalhar a frase "andar aos apelhos com alguém"... "andar aos apelhos com alguém"... "andar aos apelhos com alguém"...

— E não ficavam arrependidos de dizer que eram as moças em vez dos moços que faziam desaparecer as coisas, papá? — Pergunta Rodrigo.

— Sim, sobretudo quando as moças eram injustamente castigadas pelos pais delas... ficávamos "repesos", que aqui quer dizer arrependidos. Começávamos a ver a coisa mal parada, as moças ameaçadas de empadões dos pais, e, mal começavam a levá-las, imediatamente dizíamos "já tem avondo", que, aqui, quer dizer "já chega". Usa-se o termo para tudo o que já é suficiente. Mas depressa começávamos a pensar noutras razões para fazermos as moças sofrer de novo com as nossas brincadeiras e diabruras... Todavia, depois, ficava tudo bem, voltávamos todos a ser amigos e a brincar juntos. A avó Armanda dizia que a gente depois do mal feito ficávamos muito "pasteleiros" com elas, as moças. O termo "pasteleiro", neste caso, queria dizer carinhoso, por vezes também fingido, simulando um carinho que não existia.

A um sinal de Diogo, reentraram os quatro no carro, Diogo desceu até ao fundo de uma estrada estreita, ladeada de mato a cair para aquém das bermas da mesma, com um eucaliptal à esquerda e um moinho de vento lá no alto, à direita, já em ruínas, outrora habitado por moirais, sobranceiro a uma encosta e a um pontão, o pontão de pedra assente em manilhas de grande diâmetro para permitir a passagem das águas em tempo do mais volumoso caudal do barranco dos marmeleiros, uma ponte com a largura suficiente para ali passarem automóveis, tratores, camiões... Era uma passagem para o monte da Odisseia, que fica à esquerda, num altinho assimilando-se a um outeiro, onde habitava o Caseiro, com funções de Feitor Geral, onde se acolhiam também, em espaços contíguos, os ganhões, os hortelãos, os ceifeiros que, na altura das safras, eram contratados, provenientes de vários pontos do país, principalmente do Norte, os denominados galegos, e do Algarve, os algarvios.

Chegados ao monte da Odisseia, saíram os quatro do carro e deram uma volta completa ao monte, recordando Diogo todos os cantinhos e lugares do mesmo, emocionadamente contando deliciosas estórias ali vividas. Joana, Simão e Rodrigo bebiam, maravilhados, as palavras de Diogo e o conteúdo vivificante das suas estórias e das estórias dos outros. Ao longo da visita e das estórias que Diogo ia contando, às vezes fechava os olhos e continuava a falar...

— Porque é que fechas os olhos, papá?! — Pergunta Simão, intrigado.

— Tens razão, filho... às vezes parece que sinto melhor as coisas cá dentro... fechando os olhos... e fizeste-me lembrar de um grande pensador, Carl Gustav Jung (1875-1961), que disse que "quem olha para fora sonha, quem olha para dentro desperta"...

— E aqui, olhando toda esta maravilha natural, sonhamos mesmo! — Intervém Joana.

— E eu sinto-me despertar, quando fecho os olhos, fico a olhar para dentro e tenho esta natureza da mesma maneira na minha cabeça... — Diz Rodrigo.

— Olha, e eu também quando fecho os olhos, continuo a ver tudo à mesma cá dentro... — Adianta também Simão.

— Sim, mas isso é porque já absorvemos a maravilha desta paisagem e já nos deliciámos com ela... Se fecharmos os olhos, retemo-la na nossa memória e continuamos a voar com ela na nossa imaginação... A mágica natureza, como esta que estamos a ver, é um livro que temos dificuldade em dizer que já acabamos de ler... – Acrescenta Joana.

– Vocês os três são fantásticos! Curiosamente, a propósito, estão a fazer-me lembrar de um outro grande pensador de referência, – partilha Diogo – Johann Goethe (1749-1832), que nos deixou um pensamento muito interessante. "A natureza é o único livro que oferece um conteúdo valioso em todas as suas folhas". – Todos ficam a refletir a profundidade deste pensamento. – Mas vamos continuar a nossa visita ao monte e aos acontecimentos ligados ao monte, numa viagem de estórias intermináveis. – Prossegue Diogo.

Num chorrilho de informações sobre os mais variados acontecimentos de natureza material e humana, episódios que as circunstâncias se encarregavam de promover e concretizar, questões muito festivas e de alegria, outras menos agradáveis e de efeito contrário, terríficos, de muito má sorte até, o que poderá ter inspirado a denominação Odisseia! Porém, tratando-se de uma terra fértil, que se pode lavrar duas vezes no ano e que igualmente produz duas novidades, Olhalva seria a designação mais conforme.

– Vou contar uma grande história, algumas vezes, se calhar, vou emocionar-me, mas vocês podem sempre interromper-me, fazer-me perguntas... – Alerta Diogo, começando logo a falar com entusiasmo.

– Sabem... – diz Diogo, contemplando, sofregamente, toda aquela maravilhosa e saudosa paisagem – nasci aqui, vivi aqui, brinquei aqui até à minha adolescência...

Ficam os quatro sem palavras, voando os olhares por toda aquela policromática e bela paisagem, a deliciarem-se com a surpresa, que ainda só está no início. Os tempos passam, mas as reminiscências, as recordações, boas ou más, como que permanecem invulneráveis na cabeça e no coração de Diogo. Os diferentes impactos da força da diversidade dos valores informativos que ocorrem na quotidianidade de cada ser humano produzem e perpetuam, igualmente na mente de Diogo, registos que podem influenciar, de modo positivo ou negativo, o mundo da vida e o aparentemente redundante porvir dos futuros. Vinha-lhe à ideia a década de 50 do século XX, que albergava ou escondia, exilava, perseguia ou exterminava vicissitudes e pessoas a elas associadas que enunciavam e denunciavam expressas ou surpreendentes manifestações de liberdade. Havia os "investigadores" e "informadores", os caciques ou lacaios ao serviço do Estado Novo, estratégica e disfarçadamente colocados nos lugares mais inesperados, para atuarem sem dó nem piedade ao primeiro sinal detetado ou, até, imaginado, propositadamente ignorando todo o tipo de fundamentação ou razão humana. Era-se obrigado a viver em infortúnios e em carências essencialmente nos planos alimentar e político. Os espancamentos e a cadeia estavam no próprio ar que se respirava. Barrigas vazias ou enganadas por água e pão seco suspiravam pelos víveres que só os seus olhos comiam, pois as circunstâncias sociais e políticas exigiam que fossem outras bocas e barrigas a deliciarem-se e a abarrotarem com eles. Barrigas que, definhantes, ansiavam saciar-se com aquela substância que faculta a sobrevivência física dos seres vivos e que é o suporte biológico da estrutura psíquica. Seres famélicos e sequiosos do justo sustento, gente que vegetava, rendendo-se sobretudo às repressivas intempéries sociopolíticas do regime vigente e que se faziam sentir com afincada intensidade por todo o Alentejo. O "Estado Novo" semeava e cultivava sementes daninhas, escondidas por todo o lado (o Alentejo era uma espécie de viveiro dessa sementeira de disfarçados pombos de correio do regime! Pombos tão falsos! Só informadores do regime!) e que impunham a paz através da opressão e da injustiça, paz que apodrecia ante a crescente clarividência dos povos na organizada e firme luta clandestina pela liberdade. "A injustiça é a mãe de todas as violências e o egoísmo o pilar de todas as opressões" (Dom Hélder Câmara, 1909-1999). O segredo dos revoltados trabalhadores inermes, para evitarem o abraço das masmorras, era o mortífero sofrimento em silêncio.

O Monte da Odisseia, uma extensa herdade do Baixo Alentejo, com mais de quinhentos hectares, serpenteada a Leste pela Ribeira de Campilhas (afluente da margem esquerda do Rio Sado), constituía uma espécie de oásis onde emergiam exceções de bem-estar, desfrutando os trabalhadores de uma qualidade de vida um pouco melhor em relação à prática seguida na generalidade dos outros latifúndios alentejanos. No Monte da Odisseia, o Caseiro, com atributos de Feitor Geral, que não era massacrado pelas grandes carências económicas e alimentares, graças ao estatuto de coordenação que o patrão lhe conferia, auferia o salário mensal de duzentos escudos (duzentos escudos equivalem hoje a um euro), tinha direito à "comedia", que correspondia a dois litros de azeite, cinco litros de grãos, um quilo de toucinho e cinquenta quilos de farinha, um litro de álcool etílico para espevitar o fogão a petróleo e cinco litros de petróleo que eram queimados no fogão para cozinhar alimentos e nas candeias e candeeiros (estes com boquilha e chaminé para além da torcida) que iluminavam a noite. Pedro recebia todos os meses do lavrador Clemente este salário e esta comedia. Podia criar galinhas e outros animais, semear e cultivar o que quisesse para consumo próprio e, muito excecionalmente, até para vender, desde que, em qualquer dos casos, entregasse ao patrão a ração acordada. Os restantes trabalhadores, os ganhões, os que desempenhavam as diferentes tarefas agrícolas e no arranjo e manutenção de um perfeito estado da propriedade, que trabalhavam à jorna, ganhando ao dia, esses tinham direito a duas refeições diárias, o jantar e a ceia, cujas designação e altura do dia a serem servidos vêm desde a Idade Média, o jantar, a que hoje chamamos almoço, que era servido num curto espaço de tempo entre as onze e as catorze horas, e a ceia, o jantar nos dias de hoje, à noite, pelas 21 horas, em que os componentes pão e batatas predominavam, adicionando-se-lhes os "gravanços" (nome por que eram conhecidos os grãos), o toucinho ou o azeite, bem como, nas épocas próprias, determinados produtos que se cultivavam, em especial tomate, pepino e cebola, não deixando de aromatizar os repastos a salsa ou os coentros, a hortelã e os orégãos. Atualmente, a ceia é a última refeição do dia, em regra à meia noite. Naqueles tempos, nas demais herdades do Alentejo, em geral, a realidade era outra. Nessas outras herdades, o Caseiro tinha direito a semear e a cultivar, desde que do produto obtido nas colheitas entregasse uma percentagem ao patrão (nunca menos de dois terços), e criar gado para consumir e, em circunstâncias muito raras, vender, desde que igualmente pagasse ao dono da propriedade uma elevada "coima" pré-estabelecida, que fazia desistir desse contrato qualquer mortal. Mas a generalidade dos trabalhadores braçais era obrigada a contentar-se com o pão, também aqui conhecido por "casqueiro", e a água, as batatas e grãos com sabores a mostras de toucinho ou de azeite, de forma a reunirem o obrigatório fôlego para cumprirem as tarefas de índole esclavagística sob a ordem de sabujos, os arrogantes e desprezíveis capatazes, visivelmente "a rebichar" (que, na zona, significa de barriga muito cheia), obesos barrigudos, quer fisicamente e de estultícia quer de pensamento e de atuação cruéis.

— O dono da Odisseia, o patrão Clemente, era um homem muito rico, mas igualmente sensível e de bom coração, ativo e engenhoso, chegava a desempenhar tarefas ao lado dos trabalhadores (um exemplo de companheirismo nada habitual por parte dos patrões das outras propriedades confinantes, nas quais abundava a imensa precarização), assegurava a manutenção da ordem e a prossecução de todos os trabalhos nesta herdade por intermédio de um Feitor Geral, no caso tendo essas funções o Caseiro, o "almocreve" (indivíduo condutor de bestas de carga), que veio a ser o avô Pedro, e de um Guarda Florestal, vivendo cada um deles e as respetivas famílias em casas, no Alentejo denominadas "montes", que lhes eram entregues pelo patrão para as habitarem. Na Herdade da Odisseia havia o Monte do Caseiro, ou do Feitor Geral, o qual tinha também instalações para o Patrão Clemente ou familiares seus para as poderem utilizar e pernoitar sempre que necessário, e o Monte do Guarda Florestal, montes distanciados a cerca de dois quilómetros um do outro.

— Pedro, que veio a ser o meu pai, sogro da mamã e vosso avô paterno, que era almocreve nesta herdade, um bom homem, jovem muito divertido e com uma enorme vivacidade contagiante, de tez clara, cabelo preto e olhos castanhos, ali chegado do Algarve, logo se enamorou de uma linda moça, a Armanda, que veio a ser a minha mãe, sogra da mamã e vossa avó paterna, trigueira de cabelos negros e olhos castanhos, também de boa gente, e que trabalhava numa herdade vizinha. Hoje já estão mais velhos, mas profundamente queridos, muito lindos, como bem sabem, pelas visitas que tão alegremente nos fazem e que nós lhes fazemos, com igual e imensa legria. – Declara Diogo, quase emocionado perante a desmedida atenção de todos, junto a Diogo e a contemplarem o lugar, como que sequiosos de mais saber, bebendo cada uma das palavras bem timbradas de Diogo.

– Sabem que... e eu observei isso mais tarde noutros casalinhos por aqui, eles só podiam namorar por sinais e a distância, a princípio um em cada cerro, de modo a verem-se bem um ao outro, ocorrendo a relação dos dois em namoro, acautelando sempre o devido distanciamento físico entre ambos. – Informa Diogo. A interlocução entre namorados acontecia em silêncio, sem palavras audíveis, numa determinada altura já separados pelo parapeito de uma janela, a rapariga sempre lá dentro, às vezes à porta, ela lá dentro e ele na rua, mas, para alguém mais atento, as palavras podiam ser lidas nos lábios de ambos, acompanhadas e bem explicitadas através de uma caraterística sinalética gestual que, naqueles tempos, bem substituía a comunicação verbal oral, cujos sons vocálicos não se podiam ouvir entre namorados, como que eram proibidos pelo hábito social instaurado na época, mas que eram, sem dúvida, atos comunicacionais que deliciavam os transeuntes mais curiosos, mesmo os denominados "sagorros" ou pedintes que passavam.

– E o avô Pedro e a avó Armanda também namoravam assim?... – Pergunta Simão, a rir.

– Sim, claro, era desta forma que os namorados podiam falar. – Responde Diogo.

– Mas o avô Pedro e a avó Armanda chegaram a casar... – Indaga Rodrigo.

– Sim, sim, casaram. – Responde Diogo.

– E quando? – Quer saber Simão.

– Olha, parece que foi tudo muito rápido, depressa resolveram casar. – Esclarece Diogo – Um familiar da avó Armanda pediu ao dono da Odisseia que fosse o padrinho do casamento. O grande lavrador Clemente aceitou apadrinhar o matrimónio, Pedro e Armanda casaram "pelo registo", o casamento católico no Alentejo era pouco praticado na altura, e Pedro, o avô Pedro, passou a ter um estatuto social de maior importância, dignidade e segurança, o de Caseiro ou Almocreve com as funções de Feitor Geral, e a ter direito a uma casa para habitar com a esposa e os filhos que viessem a nascer. Portanto, deste casamento nasceram, sucessivamente e com intervalos de quatro anos, três filhos: o Abel Diogo, o Marcelo e o Luís, qual deles o menos lindo e meigo, dizem os avós e as pessoas que viviam e trabalhavam na herdade.

– E... como é que era o Abel?... – Pergunta Joana, a sorrir e acompanhada da sorridente curiosidade dos filhos.

– Consta que o Abel era uma criança invulgarmente irrequieta e feliz, rechonchuda e de cara redonda, de tez morena e olhos castanhos muito vivos, cabelo doirado que cresceu e tomou a forma de canudinhos encaracolados, pareciam "saca-rolhas", na expressão da avó Armanda.

– Tu eras mesmo o Abel, papá, só que hoje o teu cabelo já não tem essa cor e é liso... – Assevera Rodrigo.

– Sim, eu era e sou o Abel, Abel Diogo, agora mais conhecido por Diogo... a avó Armanda, só quando eu me portava mal é que me chamava Abel Diogo, bem alto! "Ó Abel Diogo!," Eu sabia logo que alguma coisa não estava bem! – Riram-se todos à gargalhada – Bom, vou continuar a falar como narrador de uma história, parece que a história se torna mais atraente... não acham? – Questiona Diogo.

– Sim, até faz de conta que estás a falar de alguém que a gente não conhece... mas que desejamos conhecer bem! – Diz Joana, obtendo a concordância de todos num gesto bem elucidativo.

– Conta lá a história toda, papá! – Pede Simão, apenas com dois anos, mas muito interessado.

– Bem... – Recomeça Diogo – cedo Abel começou, mesmo a gatinhar, aqui diz-se a "andar de engatinhas", a acompanhar os pais nas lides do campo. De gatas, lá ia ele atrás da mãe, enquanto ela mondava ou sachava o milho. Os olhinhos de Abel perdiam-se naqueles maravilhosos espaços agrícolas e nos espantalhos, alguns destes encimados de cortiça, que Pedro concebia e colocava em pontos estratégicos para afugentar os pássaros das searas e hortas, impedindo-os de as danificar.

– Então, com que idade é que começaste a andar, papá? – Pergunta Simão.

– Nem imaginas, tinha nove meses. Mas o tio Marcelo ainda começou mais cedo. Tinha oito meses. O tio Luís é que demorou mais tempo... foi só aos dezoito meses!

– Mas eu e o mano começámos a andar mais ou menos com as mesmas idades... eu tinha catorze meses e o Simão treze... – Procura certificar-se Rodrigo.

– É verdade. Sim. – Confirma Diogo – Mas continuando... o Abel, mal começou a andar, logo se iniciou para os pais dele o desassossego, uma espécie de martírio de surpresas, pois o menino era fértil e célere em preparar-lhes partidas que os preocupavam cada vez mais e sem demora. Abel adorava ver o movimento dos peixes, por isso todos os dias, de manhã cedo, ao pé da casa do Guarda Florestal, no pontão do barranco do vale de marmeleiros que atravessa a herdade no sentido de sudeste para Noroeste e que desagua na Ribeira de Campilhas, lá estava ele debruçado, a olhar para o fundo do enorme pego em que cardumes de pardelhas saltavam e animadamente descreviam círculos rápidos e se moviam em todas as direções. Esta era uma das sem conta situações de perigo a que Abel se expunha.

– Bem, o Abel era fresco! – Diz Rodrigo. Todos riem à gargalhada.

– Mas o Abel era o papá... – Pretende certificar-se Simão.

– Claro, esperteza, quem era o Abel?! – Observa Rodrigo. Todos riram de novo, embora o riso de Simão fosse um pouco amarelado ante a observação do irmão.

– Bem, bem, meninos, filhote grande e filhote pequeno, deixem-me, en-tão, continuar a contar a história, cheia de peripécias incríveis, – intervém Diogo, apaziguando os repentinos ares meio inquiridores entre Rodrigo e Simão – não havia um dia em que a voz de Armanda não ecoasse pelos córregos e cerros fora a chamar Abel, pois ele escapulia-se, frequentemente e a qualquer hora, perdendo-se e entretendo-se de curiosidade e descoberta pelos sítios mais inimagináveis da herdade, deixando em cada dia atrás de si um volume de aventuras bem recheadas das inusitadas diabruras e vicissitudes que perturbavam e assustavam toda a gente. E é curioso que toda a gente, receando o pior, se empenhava diariamente em encontrar Abel, impedindo-o tantas vezes de repetir as visitas ao perigosíssimo pego dos peixes. Também muitas vezes a mãe evitou que fosse esmagado debaixo da roda do carro de mulas, que Pedro utilizava nos seus trabalhos na propriedade, pois tinha o hábito de se empoleirar na roda, por entre os raios, provavelmente na expetativa de também ir com o pai naquele transporte utilitário. Ia tendo sempre uma divina sorte, porque Armanda calhava a olhar no momento da partida, via-o sobre a roda e gritava ao marido a tempo de Abel não ser trucidado por entre os raios da roda.

– Não mandes andar as mulas, matas a criança, para, homem!

– "Sem pinga de sangue", – prossegue Diogo – como se dizia, Pedro lá impedia mais uma vez a terrível catástrofe que parecia perseguir Abel e os seus pais. Mas eram inúmeros e sempre diferentes os perigos em que Abel incorria. Era uma odisseia que se ia tornando insuportável para os pais e, até, para os trabalhadores na herdade. Passava dias inteiros atrás de gatos, cães e toda a espécie de bichos, seguindo-os por vales e montes, barrancos e fontes, tendo uma vez escapado a afogar-se na fonte antiga, junto ao barranco do vale de marmeleiros, em perseguição de um gato, porque a mãe o viu a tempo de se aperceber o que ia acontecer e só teve de correr lestamente para ele, e, no momento em que caía de cabeça e já mergulhava, a mãe o apanhou pelo bibe, conseguindo salvá-lo. Abel usa-va bibe. Talvez Armanda preferisse este tipo de indumentária para Abel por uma questão económica, ao mesmo tempo funcional e de proteção. Poderia agarrá-lo mais facilmente e com mais segurança pelo bibe, como se viu nesta ocorrência, que poderia ter sido fatal. Armanda tinha uma preocupação permanente em manter Abel ocupado, tanto como Pedro, tendo-o sempre debaixo de olho, como precaução.

– Escutem esta agora, que vão ficar admirados. – Adverte Diogo – Certa vez, os pais ofereceram a Abel uns sapatinhos novos, a mãe calçou-lhos e disse-lhe enlevada: "Como está lindo o meu Abel, com uns sapatinhos novos!". Abel sorria feliz, soltando os mais belos sons guturais peculiares no ingénuo encanto e na angelical espontaneidade que só as crianças têm. Abel teria, nesta altura, treze ou catorze meses, e continuava, cada vez mais, a divertir-se imenso com as surpreendentes e preocupantes travessuras que, com insistência e sem parança, ia preparando para os pais e, por arrasto, para toda a gente.

Joana e os filhos ouvem, enlevados, a história que Diogo vai contando, a qual, também cada vez mais, se vai desenrolando com pormenores apelativos à atenção dos três, qual deles o menos motivante, à medida que os quatro lá vão passeando pelas imediações do Monte, subindo até ao moinho de vento, já carcomido pelos tempos e parcialmente caído, com sobreiras e muitos pinheiros lá para trás, depois descendo até perto do Monte do Guarda Florestal, do outro lado da encosta, e depois, de novo até ao Monte onde Abel nascera.

E o moinho de vento, arruinado na sua estrutura e utilização, aparentemente abandonado e sem hipótese de se tornar útil e atrativo, como que fica a olhá-los, lamentando-se e inconformado com o esquecimento a que tem vindo a ser votado.

– Então, papá... o que é que tem o moinho?... Estás a fixá-lo... – Indaga Joana, em assentimento com os filhos.

– Imagina que... ao mesmo tempo, comecei a lembrar-me daquelas quintilhas que escreveste há tempos sobre os nossos moinhos de eleição... os lá da tua zona, onde nasceste, e os daqui... no Alentejo... – Responde Diogo.

– O que é isso de quintilhas, papá... – Pergunta Simão.

– É um tipo de poema, com cinco versos. – Esclarece Diogo. – Vou dizê-las. São assim:

«Lembro o tempo que passou

Como o pão que já moí...

A memória que hoje sou

Dos amores que servi

E segredos que escondi.»

«Já não sei se giro a vida,

Se a vida me gere a mim,

Às vezes ando à deriva

Como se já fosse o fim,

Mas resisto e sonho assim!»

«Sou moinho de verdade

Consagrado pelo tempo,

Aqui estou como a saudade,

Faça sol ou faça vento,

A moer o pensamento.»

– Deixa ver se me lembro dos outros dois... – pede Joana, dizendo-os:

«Sempre tive a companhia

Do moleiro ou dá moleira,

Agora só nostalgia

Daquela nobre canseira

Neste cimo da ladeira.»

«Derrubado pelos tempos

E desatenção humana,

Já não sinto sequer ventos,

Sol e frio, chuva e lama,

Só pereço nesta cama.»

– Eh, poemas bonitos... Até parece que é o moinho que está a falar...
– Diz Simão.

– A mamã é que fez esses poemas ao moinho, papá! – Pergunta Rodrigo,
enlevado.

– Sim, claro, foi a mamã!

– Até parece que é este moinho... aquele que está lá em cima... que
a mamã tem nos poemas... – Diz Simão, admirado e a evidenciar contentamento, fixando a mãe e o moinho.

– É verdade. A mamã tem também este moinho nestas suas bem con-
cebidas quintilhas. Bem, mas deixem-me continuar. Nesse mesmo dia,
– continua Diogo a contar a história, também deliciado – num ápice, Abel,
sorrateiro, estreando os sapatinhos neste dia de primavera bem solarenga
e sem nuvens no céu, seriam umas duas horas da tarde, quis mostrá-los
ao Guarda Florestal, tendo-o avistado ao longe. Seguiu-o durante algum
tempo por entre as muitas árvores, mas a distância que se alongava cada

vez mais, devido ao passo largo do Guarda, e a serrada arborização que os separava impediram-no, a certo ponto, de prosseguir a sua caminhada atrás do Guarda Florestal. Este nunca se apercebera de que a criança o seguia, esforçando-se por alcançá-lo para lhe mostrar os sapatinhos novos, até que desapareceu da órbita visual de Abel. Mas o pequeno Abel não se importava com o facto de ter ficado só, perdido naquele multicolor horizonte alfombrado da predominância do verde e do amarelo, a espreitar, contemplativo, o céu azul através das clareiras dos ramos das árvores. Fruía extasiado toda aquela fascinante paisagem, em que também as árvores sorriam polvilhadas de cor e de chilreares sublimes. Hoje esta paisagem está menos verde e menos densa de árvores, a herdade está desabitada e sem o carinho dos avós e dos ganhões que a tratavam e a alindavam.

— Já não trabalha aqui ninguém, papá? — Pergunta Rodrigo.

— Trabalha, sim, mas é capaz de ser só uma ou duas pessoas... isto está mesmo deserto... — responde Diogo, contristado.

— Esta herdade é muito grande! — Diz Rodrigo.

— Portugal é maior ainda... — Diz Simão, reticente.

— olha, como Espanha, como França... — Acrescenta Rodrigo, também reticente.

— Lembro-me de ouvir o avô Pedro dizer, quanto ao tamanho de Portugal, Espanha e França, que "Portugal é como um ovo, Espanha como uma geira e França como uma eira". — Informa Diogo.

— Então, Portugal é mais pequeno do que a Espanha e França é maior do que a Espanha... — Quer Rodrigo certificar-se.

— É isso mesmo. — Atalha Joana.

— Mas aqui, as pessoas não têm transportes?... — Diz Simão, a indagar.

— Pois não, só a pé, de cavalo ou no carro de mulas, ou então, como nós, de automóvel... — esclarece Diogo. — Mas no meu tempo aqui, só no carro de mulas que o avô Pedro usava para ir à vila fazer compras, ou ir ao médico...

– E... o que é que te aconteceu... quero dizer, o que é que aconteceu ao Abel naquele dia em que ele queria mostrar os sapatinhos ao Guarda Florestal? – Pergunta Simão.

– Bem, naquele dia, – prossegue Diogo – como perdeu de vista o Guarda, também não se importou nada com isso, mudou logo de objetivo, entrou para dentro das estevas e começou a brincar com as chamadas carapinhas, do tipo daquelas que vocês poderão facilmente descobrir neste mato. Gorado o objetivo de Abel, no querer mostrar os sapatinhos novos, mas que, entretanto, já havia perdido um deles, fletiu para dentro do mato e, rodeado de estevas, na vivificante tranquilidade do silêncio da natureza envolto pela excelsa beleza da passarada e da policromia primaveril, ali se entreteve, deslumbrado num mundo de aromas, sons e cores, a brincar com os botõezinhos verdes das estevas, as flores abertas das mesmas e alguns botõezinhos já secos que representavam para ele autênticos berlindes.

– "Carapinhas"?! O que quer dizer isso? – Pergunta Rodrigo.

– "Carapinhas!", era assim que aqui se chamavam aquelas espécies de berlindes pretos e já endurecidos pelo calor, das estevas, que iam ficando secas, como podem ver aqui espalhados por este mato... – responde Diogo, apontando para as estevas e outros arbustos com elas entrelaçados, umas e outros carcomidos pelo tempo e pelo abandono no tratamento dos terrenos.

– Bem, – continua Diogo a explicar – era quase noite e ninguém sabia do paradeiro de Abel. Mobilizaram-se todos os trabalhadores da herdade para encontrá-lo, chamavam-no em todos os sítios, e não havia meio de o descobrirem.

– Oh, gaiato traquino! Está sempre a judiar com a gente! – Irrita-se Armanda. Dizia-se traquino em vez de traquinas e judiar era indispor por qualquer razão os outros. Já exclamava Pedro, algo crispado.

– Porra para isto. Não temos descanso. Até apetece dar-lhe uma empadura quando o encontrar – adiantou Armanda, marejando-se-lhe os olhos de lágrimas.

– De pequenino é que se torce o pepino. Ele vai ver quando o encontrarmos. – Replicou Pedro.

– A noite caía. – Prossegue Diogo a contar a estória – Pedro e Armanda deixavam sair palavras desconexas pela boca fora só para contrariarem o seu crescente desassossego. O descontrolo racional começava a invadi-los. Já chorava a mãe, completamente em pânico, supondo que o filho já estaria, àquela hora, morto em qualquer sítio, dentro de um poço, num pego algures. Anoitecera e Abel não dava sinal de existência. Toda a gente, desconcertada, chorava a altos gritos de desespero.

– E agora, o que é que vamos fazer?! – Questionavam Pedro e Armanda, e todos os trabalhadores, quase em uníssono, numa já consternada impotência, muitas vezes. A lua despontara no horizonte à medida que a noite se instalara numa serenidade fria. E o já intenso luar como que incitava toda a gente a continuar à procura do pequeno Abel. Foram novamente percorridos os mais de quinhentos hectómetros quadrados pelo mobilizado batalhão de pessoas, sem êxito. Não havia qualquer dúvida: o menino mergulhara nalgum poço, atrás de algum bicho, de algum gato, e estaria morto. Só com tempo seria encontrado. Era o que todos já pensavam. Choravam o pai e a mãe numa dor profunda e indescritível, propagando o tormento também às outras pessoas.

– Mas, meu Deus, porque é que eu não vi a criança atrás de mim?! – Interrogava-se o Guarda Florestal, o Senhor Bento, atormentado e a deixar escorregar lágrimas de revolta e de súplica também.

A consternação de todos como que ditava já o hediondo, cruel e brutal veredicto infausto, o incrível, nos corações de Armanda e de Pedro, desaparecimento de Abel. O sinistro e agourento piar da coruja, que começava a ecoar no mar de eucaliptos, pinheiros e outras árvores, como que estarrecia e gelava todos até às entranhas, impregnando-os de um horrível sentimento de fogo-fátuo trazido pela brisa noctívaga.

Num repente, Armanda tornou a percorrer um caminho que havia feito vezes sem conta, num gesto automático e sem qualquer convicção, insistindo, já com a voz rouca de gritar e de chorar, a chamar pelo filho.

– Abel, meu filho, diz onde estás, está aqui a mãe e o pai à tua espera, já é muito de noite, olha os lobos... que comem as zorras e as galinhas, as ovelhas... e os meninos... – E a voz de Armanda sumia-se-lhe num choro convulsivo. Mas mal encontrava alguma força, lá se ouvia de novo aquela voz de mãe de coração a finar-se de dor, asfixiado pela assombrosa tristeza e pelo tormentoso pânico.

– Ó Abel, meu filho... – E a voz tornava a faltar-lhe. Pedro, que era uma pessoa que não exteriorizava muito as suas preocupações, também já não tinha voz para chamar pelo seu Abel.

– Eu sabia que ele andava à procura de alguma desgraça!... – Soluçava Armanda. – Era o meu primeiro filho! – Exclamava ela brutalmente constrangida e inanimável.

– Olhem?! Olhem aqui um sapatinho! – Exultava momentaneamente Armanda, apanhando-o. Abel perdera-o na berma da vereda.

Uns metros adiante, um ímpeto psico-sensorial feminino e peculiar de mãe como que a galvanizou para uma incursão no mato. Estendendo o olhar para a direita, logo ali, a dois metros da vereda, estava o palmo e meio de gente sentado num montículo de flores e de "berlindes" de esteva, aparentando tranquilidade, deliciado com a azáfama de toda a gente à sua procura e com os efeitos das nuances do espectro noturno luarento que impregnavam de outra cor as suas flores e os seus berlindes, à luz dos seus olhos expressivos e pestanudos, bem como da empolgante imaginação e criatividade que o caraterizavam. O vendavalesco silêncio de Abel havia levado ao rubro a brisa das ideias de toda a gente sobre as circunstâncias e o cumular do seu desaparecimento, que já se admitia sem reservas.

– Ah, meu rico filho, estás aqui! Estás aqui, meu Abel! – Exclamou Armanda num grito que reboou estridentemente por cerros e córregos, como que se ouvindo nos confins do mundo.

Num ímpeto compreensivelmente incontrolado, Armanda correu embevecida para ele, agarrou-o ao colo, e os soluços de inesperada alegria retiraram-lhe a voz e as palavras. Apertando ansiosa o menino contra o peito, a arder de amor e ternura cuja grandeza só a mãe consegue exprimir, quase o estrangulava de proteção e carinho. Abel já começava a chorar a amplos pulmõezinhos, como a pedir socorro, pois não entendia o maquinal comportamento da mãe nem a surpreendente e louca euforia de toda aquela gente que, de repente, se juntou numa exultante vozearia à sua volta.

– Eu só estava a brincar às escondidas... E vocês não me encontravam. – Esclarecia Abel a choramingar, na sua vozinha aflitiva.

Armanda e Pedro entrelaçaram-se com o filho e cingiram-no ainda mais carinhosamente ao peito. Agora eram outras lágrimas que inundavam os rostos, as que enterravam o funesto desespero. Agora era o delírio em apoteose, onde a alvura da tranquilidade, a retemperança e o reconforto dos corações, sobretudo de Armanda e Pedro, brotavam nas grossas lágrimas daquelas almas reencontradas, como que despertas de um terrível e letal pesadelo. O pequenino Abel, afinal, estava bem vivo, de perfeita saúde, e pronto para prosseguir, quiçá de forma mais apurada ainda, a sua faina de traquinices nos alvores e ao longo de uma extensa e inimaginável "odisseia".

– As diabruras imparáveis de Abel iam-se tornando asfixiantes para os seus pais e para toda a gente que estivesse por perto. – Declara Diogo.

– E não te puxavam as orelhas, papá?! – Pergunta Simão.

– A mim, ou ao Abel?

– Mas tu és o Abel... quando eras pequenino...

– Às vezes isso acontecia. Mas o Abel parece que estudava a forma de, cada vez mais, surpreender desconcertadamente os pais. – Esclarece Diogo – Mas deixem-me ir contando mais alguns pormenores ligados à herdade da "Odisseia" e às peripécias do Abel. – Iam os quatro a passear pela propriedade e pelo monte, visitando com todo o interesse e curiosidade os variados lugares e pormenores que Diogo fazia questão de salientar.

– Pois fiquem a saber também – continua Diogo – que o Monte da "Odisseia", prenhe de caça e de floresta abundante, adornado de rebanhos e varas, era uma herdade de confluências étnicas e de aprazíveis caçadas. Aqui vinham caçadores de toda a parte, que eram familiares e amigos do patrão Clemente, para dar ao gatilho, multiplicando disparos sobre as peças de caça e exultando à medida que esses troféus iam caindo. Mas o Monte da "Odisseia", pela fartura de caça que possuía, era uma herdade que granjeava o interesse de todos os aficionados da arte, mesmo os inúmeros forasteiros que muito bem sabiam espreitar as oportunidades para também poderem caçar o bom coelho e a gostosa lebre, como as apetitosas perdizes.

– Assistíamos a episódios entre caçadores e Guarda que, de certeza, até divertiam os caçadores. – Conta Diogo – O Guarda Florestal, que era encarregado de guardar a herdade e de impedir a entrada de gente estranha na mesma, sobretudo caçar, travava, com frequência, agastadas e renhidas contendas com os intrusos. Mas estes é que atraíam o Guarda e provocavam as intensas desinteligências num lado da herdade para que, com tranquilidade, outros pudessem carregar-se de coelhos e lebres noutros pontos da mesma. Eram constantes as interrupções nos acesos diálogos por se ouvirem os tiros nos mais diversos pontos da herdade. O Guarda, de orelhas no ar e de olhos esbugalhados, confundia-se no meio do detonar em todas as direções e não sabia para que lado dirigir-se, gesticulando de colubrina em punho. Assistia-se a um burlesco teatro no exercício de uma dupla arte: a arte de caçar e a arte de representar.

– E não descobriam os caçadores não eram apanhados, papá? – Questiona Rodrigo.

– Era muito difícil, porque eles eram finos! Procuravam saber primeiro por onde andava o Guarda, avisando-se uns aos outros, com toda a cautela. – Responde Diogo – Às vezes chegavam a haver lutas... mas o Guarda era só um e eles eram muitos...

– E os caçadores batiam no Guarda, papá? – Quer saber Simão.

– Acho que lhe "chegaram" uma ou outra vez, sim, o termo "chegar", aqui, quer dizer bater. Os segadores e demais trabalhadores que aqui chegavam provenientes sobretudo do Algarve, é que se divertiam com a correria do Guarda de um lado para o outro, ele e os caçadores pareciam o gato e o rato.

– Os segadores são também trabalhadores e fazem o quê, papá? – Pergunta Rodrigo.

– Segar quer dizer cortar, o mesmo que ceifar, o cereal nas searas...

– Então, papá, segadores e ceifeiros é a mesma coisa?... – Quer Simão ter a certeza.

– Sim, sim, é exatamente a mesma coisa. Mas voltando à questão do gato e do rato, do Guarda e dos caçadores, os ceifeiros e os outros trabalhadores divertiam-se com o entretenimento aos tiros de um lado da propriedade, atraindo aí o Guarda, dando a oportunidade, no outro lado da herdade, dos outros caçadores atuarem à vontade. Conseguiam assim desorientar o Guarda, confundindo-o com um número suficiente de disparos de um lado, logo que as espingardas aí se calavam, entravam em ação noutros sítios mais distantes e caçavam para todos. Era uma festa para os forasteiros que, licenciados ou não para caçar, sempre levavam a água ao seu moinho, sob as astúcias pré-combinadas entre si. Aos ceifeiros e outros trabalhadores era proibido o uso de armas, só à paulada poderiam apanhar um ou outro coelho, mas desde que ninguém o sonhasse. – A atenção dos três ao que Diogo ia contando parecia redobrar-se. O interesse por saber mais crescia cada vez mais.

– Sabem que – continua Diogo – Abel começava a ficar apreensivo pelo tipo muito variado de repastos que em geral os algarvios faziam, pois comiam quase sempre pão migado com água e, só de vez em quando, misturado com uma pequeníssima mostra de azeite e de vinagre. Eram as vinagradas ou gaspachos, copiosos refrescantes do aparelho digestivo que grassavam em todo o Alentejo, sobretudo no verão. – Estes homens comiam, principalmente ao almoço, sentados em regra no chão à volta de enormes alguidares de barro, cuja cor, o vermelho, parecia consubstanciar o bom augúrio de determinações e vitórias, condicionalismos que caraterizavam o modo de vida dos trabalhadores nesta região, guardando e escondendo sonhos em deveres e obrigações impostos pelo Estado dos que já começavam a justificar-se "orgulhosamente sós" e irredutíveis ante as pressões para autonomizar os territórios ultramarinos, sustentabilidade gorada de um suposto "Portugal uno e indivisível". Os algarvios ceavam em geral uma meia dúzia de figos torrados, quando os havia, que traziam consigo do Algarve e de que se socorriam, como único recurso, bebiam cocharradas de água, os cocharros eram feitos da cortiça que se tirava das sobreiras, e assim "enganavam a malvada", expressão que eles próprios utilizavam. As refeições tinham designações diferentes das de hoje. O pequeno-almoço, quase sempre um cálice de medronho como matabicho, sobretudo para os algarvios, é que era o almoço. O almoço, por volta das onze horas ou meio-dia, era o jantar. E o jantar, que acontecia sempre a desoras depois de o sol se pôr, mais cedo ou mais tarde consoante se estivesse no inverno ou no verão, era a ceia.

O pequeno Abel, com permanente atenção a tudo o que o rodeava, procurava estar sempre perto dos trabalhadores e dos caçadores. Por graça, os algarvios às vezes pediam-lhe que metesse a mãozinha na saca, onde eles guardavam os figos. E logo Abel, surpreendido pelas diferentes texturas dos figos que tateava lá dentro, uns fofos e outros enrijecidos por haverem sido torrados no forno, retirava dela um figo e o comia alegremente. Depressa se habituou a visitar a casa que hospedava os algarvios, mirando a saca, e com tal regularidade o fazia que estes começaram a dizer-lhe que já não havia mais figos dentro da saca.

– Já não têm figos? – Perguntava, incrédulo, Abel.

– Acabaram. – Respondeu a rir um dos algarvios, o Manel Sueca.

– E estão lá dentro meninos? – Questionava Abel.

– Não, não. Os meninos agora passaram a vir nos bicos das águias. – Continuou a brincar Manel Sueca.

– Mas a minha mãe diz que eles vêm nas seiras de figos.

– Sim, sim, mas agora também vêm nos bicos das águias. – Acentuou Manel Sueca, acompanhado de grandes risadas dos outros companheiros.

– E eles vêm de onde? – Insistiu, perscrutante, o pequeno Abel.

– Olha, vêm do Algarve. – Respondeu outro, a torcer-se de riso.

– Então, vêm nos figos?... – Insiste Abel, reticente.

– Também vêm, sim. Vêm como calha. – Responderam os cinco algarvios, quase em simultâneo, gargalhando.

Abel não gostou das respostas e foi-se retirando aos poucos, cabisbaixo.

– Anda cá, pimpolho, que a gente está a brincar. – Pediu Manel Sueca a sorrir.

– Eu já não quero mais figos. – Replicou Abel, desandando de rostozinho crispado.

– Ai este miúdo. Não é fácil fazer-se-lhe o ninho atrás da orelha. – Constatou Manel Sueca, com o assentimento dos outros.

Estes homens trabalhavam todos os dias desde que o sol nascia até se pôr, "de sol a sol", como então se dizia e se exigia. As poucas horas de repouso a que tinham direito eram para esconderem as dores, físicas e psíquicas, sempre com a barriga "pegada às costas" de faminta que adormecia, numa falsa retemperança para, no dia que já lá vinha de novo, retomarem com a mesma energia, a cada momento instigados pelos capatazes para a redobrarem, como forma de garantirem a continuidade do seu "ganha-pão" diário, e fazer algumas economias para o sustento dos seus familiares, mulheres e filhos, que permaneciam nas suas terras de origem a aguardar os magros tostões que chegariam no final da temporada.

Abel, um palmo e meio de gente ainda abaixo do limiar da idade da razão, já baralhava os adultos com o seu saber e curiosidade precoces. Nascido e a ser criado à sombra de pais educados e gente trabalhadora braçal proveniente de diversos pontos do país, principalmente do Algarve e do Norte, o seu ambiente e vivência culturais constituíam na diversidade de conhecimentos de toda aquela gente o seu meio privilegiado de contacto com o real. Abel entrou cedo na esfera racional e convivencial da adultez, surpreendendo os adultos com a sua categoria social de infância. Também depressa começou, entrando nos bastidores da vida adulta, a desvendar mistérios que os adultos guardavam secretamente para si, como, por exemplo, a questão da sexualidade. Para que não percebessem a sua perícia, fingia-se totalmente mergulhado no jardim da inocência.

"É muito rato, este pirralho"! Era uma expressão que muito se ouvia no meio dos adultos, sempre que eram surpreendidos pela atenção expectante de Abel, sobretudo quando falavam de mulheres ou de qualquer assunto que enunciasse ou sugerisse malandrice, ou complexidades que, devido à pouca idade, ainda se lhe escapavam, mas que o deixavam alerta. Esta dimensão convivencial de Abel remetiam-no para uma geografia semântica, falada no Alentejo, no Norte e no Algarve, englobando desde muito cedo na sua cultura um vocabulário diversificado, o que, implicitamente, em questões que se prendem com a memória da língua, lhe colocavam na sua cabecinha a língua portuguesa que a normalidade das pessoas fala e a língua característica de variadas zonas de Portugal. Um dia, muito compenetrado, abeirou-se da mãe e perguntou-lhe:

– Mãe, aonde é que eu nasci?

– Olha, nasceste mesmo aqui, neste Monte.

– Como é que nasci?

— Olha... nasceste com quatro quilos, saudável, levaste quatro dias para nascer.

— Nascer quer dizer chegar?

— Sim, sim, é a mesma coisa... — respondeu, balbuciante, Armanda.

— E eu vim sozinho?...

— Vieste num saquinho de figos, Abel.

— Ah, foram os algarvios? Então eles é que me trouxeram?...

Armanda começava a ficar embaraçada ante as perguntas do filho. Agora tinha que pensar bem na resposta que lhe iria dar.

— Os meninos vêm sempre de muito longe. Umas vezes vêm do Algarve dentro das seiras de figos, outras vezes até vêm nos bicos das águias...

— Háháhá, vou ver se os algarvios têm lá dentro da saca algum menino. Se calhar têm lá algum já torrado no forno. Os figos que eles têm na saca também são alguns torrados... — deixando esboçar no olhar e no rostozinho uma doce e disfarçada ironia.

Levantou-se num ímpeto, projetando-se como uma bala para a porta como saído de uma catapulta, só parando ante um grito da mãe.

— Aonde é que vais, Abel? Anda cá, filho!

— Queria ir dizer-lhes que eles têm razão. É que eu estava zangado com eles por causa disso. — Disse Abel, fazendo inversão de marcha.

— Queria dizer-lhes que já sei que foram eles que me trouxeram.

— Não, não vás lá agora. Eles agora não estão lá. Já foram trabalhar. — Segurou-o Armanda.

Neste dia a mãe, receosa das suas escapadelas constantes, reteve-o durante todo o dia fechado em casa, entretendo-o com mil e uma tarefas, enquanto ela costurava ao pé da lareira.

Era vulgar percorrer a região uma carrinha puxada por uma besta a distribuir o avio. O avio era o açúcar, a massa, o arroz, o azeite, a pimenta e o sal, o sabão, tudo o que era necessário consumir num mês pelas pessoas que não tinham possibilidade de se deslocar à vila, que ficava a cerca de cinco quilómetros do Monte da Odisseia.

Nesse dia, Abel apanhou uma barra de sabão ao seu alcance e logo a agarrou para se ocupar. Disse à mãe que ia à vila comprar sabão. Armanda, que só queria que ele se mantivesse entretido e sem a perturbar na sua costura, ia dizendo que sim a tudo o que o pequeno Abel manifestava intenção de fazer.

– Quantas barras de sabão é que queres que eu traga da vila, mãe?

– Sim, podes fazer esse mandado à mãe. Eu depois dou-te uma melhadura. – Fazer um "mandado", no Alentejo, é fazer um recado ou aceitar cumprir um pedido de alguém, sem nenhuma obrigação prévia imposta. A "melhadura" é uma recompensa, que pode ser material ou atencional, por exemplo na forma de permissividade. – Podes trazer uma barra de sabão. – Respondia Armanda, maquinalmente, enquanto cortava com os dentes uma linha do trabalho de costura.

Ao meio da sala havia uma grande mesa, retangular, onde, pelo menos ao jantar, às vezes os trabalhadores comiam o repasto preparado por Armanda, incumbência que lhe era atribuída pelo patrão Clemente. Comiam pão com azeitonas e as sopas de pão com tomate e pimentão, ou uma açorda, sopa de migas de pão temperada com azeite, alho e coentros, incluindo de vez em quando os ovos. Abel abriu uma das gavetas da mesa e tirou lá de dentro um facalhão que usou durante o dia para cortar sabão.

– E peço um saco ao padrinho Serpa?

– Estás a alumiar quem? – Pergunta a mãe. "Alumiar" era mais uma palavra caraterística da zona e que quer dizer referir-se a alguém.

– O padrinho Serpa, da mercearia lá daquela esquina com a rua do Jacinto barbeiro... na vila... trago o sabão dentro do quê?

– Olha, leva uma balsa. Leva a que está atrás da porta da rua, ou leva o "talego" que também lá está, que dá para trazeres muito sabão. – Continuou Armanda a responder desatenta.

A balsa era um pequeno recipiente em empreita, de forma quadrangular, com tampa e uma alça do mesmo material para pendurar ao ombro. O taleigo, que se pronunciava "talego", era um saco pequeno e longo, feito de pano, que habitualmente se usava para levar pão lá dentro.

O "Brasil", que era um cão de tamanho acima da média e de pelo preto comprido, como que se associava à azáfama de Abel, a cortar sabão, a ir à porta e voltar, simulando a ida e regresso da vila. O cão ia e voltava com Abel ou acompanhava-o com os olhos, deliciava-se num "haaauuu", escancarando a boca e a espreguiçar-se ao pé do lume, lareira que se mantinha acesa noite e dia, durante o inverno e no dealbar da primavera. Alguém assomou de repente ao postigo e, como um tiro silencioso, o cão atirou-se-lhe à cara, ladrando de raiva.

– Eh, "cão dum cabrão", que me fez apanhar medo. Quase que me tirava os olhos! – Protestava o pedinte que assomara ao postigo e que se esgueirava aflito da porta.

– "Brasil", "Brasil", não faz mal. – Advertia-o Armanda. – Não é preciso desalvorar a falar do rijo. – Gritava Armanda ao pedinte. Vocábulos muito em uso na zona, significando "desalvorar" desandar a correr e "falar do rijo" falar alto.

Mas o cão não se calava nem saía do postigo. Lá fora, o pedinte blasfemava contra o cão e contra o retardar da esmola a que já se habituara.

– O homem parece que está parvo, – resmungou Armanda.

– É parvo ou come "merda de galinha"... – atalhou Abel.

– O que é isso? O que é que queres dizer? – Perguntou Armanda, num tom de crítica.

– Então, se as galinhas são parvas... O ti Graçolas é que diz... – emendou Abel, a rir.

O ti Graçolas era um hortelão de idade avançada, baixinho e entroncado, "atarracado", como se diz no Alentejo, muito bem disposto, sempre com uma anedota nova na ponta da língua, com ditos que todos gostavam de ouvir e bem se divertiam com eles. Soltava habitualmente estrondosos traques, que, sobretudo à noite, ecoavam pelo Monte fora, pondo toda a gente que os ouvia a rir. Ficava em silêncio, não se ria, como se não tivesse nada a ver com o assunto, e essa atitude mais divertia ainda as pessoas. Entretinha-se, sentado ao pé do lume, a fazer os seus cigarros, puxando por uma onça de tabaco, um livro-de-papel, com mortalhas para embrulhar de forma cilíndrica o tabaco, usando um isqueiro a gasolina e pedra própria para inflamar a gasolina e acender o isqueiro, às vezes lá havia também uns fósforos ou, em derradeiro recurso, uma brasa da fogueira também servia para acender o cigarro.

Abel também já começava a irritar-se com os ladridos estridentes do cão e não hesitou em passar à ação, batendo-lhe no rabo, mesmo inadvertidamente com a lâmina do facalhão, até Armanda se aperceber, deixar a costura e evitar um acidente mais grave.

– Oh, meu Deus! Onde foste buscar esta faca, Abel? – Retirando-lha da mãozinha.

– Estava na gaveta do bacalhau... – respondeu Abel com uma lagrimazinha a rolar-lhe lentamente pela face direita.

– A faca com que cortamos o bacalhau também serve para tosquiar o rabo do cão, até lhe fazeres sangue? Já viste bem o que fizeste?

– Mas só tem metade da pele tirada. E não está zangado comigo. Não vês que não se cala?...

– Tó, cão, cala-te já, – ordenou-lhe Armanda, abrindo a porta.

Num repente, já o cão estava em cima das costas do pedinte, que tentava fugir de "gangão" (expressão utilizada habitualmente por Armanda), ou seja, a tentar escapulir-se e a cambalear, praguejando numa voz rouca de velho.

— Porra, porra, deixa-me cão dum cabrão, deixa-me ir embora. Está descansado que não volto cá mais. Hei de dar-te primeiro um tiro.

O cão respondia-lhe, abocanhando-o com cada vez mais pressão. Abel estava espavorido, mas, de algum modo, também regozijado porque o pedinte não tinha nada que vir interromper-lhe as suas viagens à vila, para fazer as compras.

— Ó "Brasil", "Brasil", sai daí, – gritava-lhe Armanda, correndo para ele com o facalhão esticado para a frente.

— Ó senhora, desculpe lá, eu quero-me é ir embora, mas ele não me deixa. Eu já não venho cá outra vez... – titubeava o pedinte, numa insistente súplica de tréguas. Apossava-se dele cada vez mais um terrível estado de medo, porque não sabia o que iria suceder-lhe ante aquele facalhão na sua direção e cada vez mais próximo de si, sem ainda se ter conseguido libertar dos dentes e das garras do cão.

A muito custo, Armanda conseguiu pôr o cão a andar e o pedinte também. Lá se arrastou com a pressa que podia, a impar, que quer dizer a emitir sons de sofrimento, a gemer e a feder que tresandava, porque o susto não foi para menos.

— Ó mãe, olha, ele é um mijaloso. E leva cocó nas calças e nos pés!...

— Coitado. Até fez chi-chi pelas pernas abaixo e até se "enlocou" todo! Já passou. Vamos para casa.

— Fez nas calças? – Perguntou Abel, tapando o nariz! – Hum, cheira tão mal!

— Ele já toma banho lá em baixo no barranco. – Afirmou Armanda.

Abel percebeu logo que, com o susto, o pedinte se havia quase desfeito em fezes. Mas não estava satisfeito. Queria saber mais.

– Olhe mãe, e porque é que disse que ele até se "enlocou" todo?

– Porque ele fez cocó nas calças. Não viste?

– Se estivessem aqui os algarvios, não diziam assim. – Asseverou Abel, reentrando em casa.

Armanda bem sabia como é que eles diziam, mas o termo "enlocar" era o que se usava na zona como sendo uma palavra mais fina.

– Como é que eles dizem? – Sempre quis ouvir Armanda.

– Até se cagou todo... – respondeu Abel, numa gargalhada.

– Isso não se diz, que é feio. Bem, bem. Vamos lá aos nossos trabalhos.

Armanda meteu o facalhão na gaveta do bacalhau, sentou-se ao pé do lume de novo, a costurar, e Abel voltou à sua atividade. O "Brasil" já lá estava também a aquecer-se, preguiçoso e refeito da tarefa de expulsão do pedinte. Abel rapidamente retirou o facalhão de dentro da gaveta, sem que a mãe desse por isso, e continuou a retraçar sabão, até desfazer por completo a enorme barra que a mãe lhe havia confiado. Quando já não tinha nada para cortar, deitou mão a um pacote de açúcar e a um candeeiro a petróleo, retirou a chaminé deste, virou o candeeiro, entornando o petróleo em cima do sabão e misturou-lhe açúcar a seguir. Armanda costurava tranquilamente, porque a porta estava fechada e o filho estava ali consigo.

De súbito, Armanda ouviu um arroto agudo, longo e suspirado do filho. Abel tinha provado aquela mixórdia, que certamente amargava muito ainda, e já se preparava para lhe descarregar em cima mais outro pacote de quilo de açúcar que, entretanto, já tinha agarrado com ambas as mãozinhas.

– Mas o que é que estás a fazer, Abel? – Exasperou-se Armanda. – Uma barra de sabão em massa com petróleo e açúcar... e ainda por cima comeste isso?!

– Não, mãe. Só provei três colheres destas... – mostrando-lhe um colherão, caço para a sopa, no dizer de Armanda, e arrotando mais prolongadamente ainda e expelindo um cheiro nauseabundo da boquinha.

– Não gosto do sabão com açúcar. Gosto mais do petróleo com açúcar... – arrotando de novo, até vomitar toda aquela mistela.

O cão cheirou o menino, que já vomitava convulsivamente prostrado no chão, ganiu de sofrimento também, enquanto Armanda segurava a cabecinha do filho entre as mãos, ajudando-o a esvaziar toda aquela composição pastosa, espumando pelos cantinhos da boquinha e deixando cair lágrimas grossas pelo pequeno rosto que, de um momento para o outro, ficou como que desfalecido e macilento.

– Ah, meu rico filho. Não há um dia em que não te aconteça alguma coisa. Nem mesmo aqui preso em casa. Valha-me Nossa Senhora.

As lágrimas de Armanda, que começava a entrar em pânico, já se confundiam com as do filho. O "Brasil", gemendo esganiçado, ia lambendo os dois. O pequeno Abel, devagar, ia parando de vomitar e adormecendo no colo da mãe. Adormeceu mesmo profundamente, como se tivesse ingerido o remédio da retemperança e do reconforto. Era o afeto maternal, o mágico enlevo e amor de mãe, o remédio que só as mães têm e sabem ministrar, sempre que é necessário e urgente. Uma espécie de elixir da vida.

– Eh, papá! Safa... até apetece chorar... – diz Simão, com as lágrimas a inundarem-lhe o rosto rechonchudinho. O Rodrigo também não perde pela demora, também tem a carinha lavada em lágrimas e sem palavras. Joana procura conter-se, mas a pressão é irresistível. Também chora, em silêncio.

– Então, então, pessoal?! O que é que se está a passar aqui?! – Intervém Diogo, espantado com as abundantes lágrimas dos três. – Não fiquem preocupados, nem vale a pena emocionarem-se assim, já tudo passou há muito tempo!

— Mas o Abel não era um menino mau... só que tinha sempre muito azar nas suas brincadeiras... – dizia Rodrigo, a soluçar de choro.

— Tens razão, filho. Vocês têm razão. Eu se calhar também me deixei levar pela emoção... e vocês foram arrastados... – admite Diogo, a limpar também as lágrimas.

— Bom, agora vou contar mais estórias, mas com mais graça.

— Então, e quando acordaste, já não estavas agoniado, papá?... – Ainda pergunta Simão.

— Acho que a diarreia e os vómitos ainda continuaram durante uns dias... a avó Armanda dizia que eu tinha muita ansiedade e soltura, ansiedade quer dizer vontade de vomitar, vómitos, e soltura significa diarreia... acho que andei uns dias a arrotar a petróleo... – gargalharam os quatro.

— E passados alguns dias, já estavas bem, papá?! – Indaga timidamente Rodrigo.

— Sim, mas tive durante esse sono um sonho terrível que ainda hoje me arrepia pensar nele! – Responde Diogo.

— O que foi o sonho?! – Pergunta Simão, acompanhado pelo ar inquiridor do mano e da mãe.

— Bem. Vou contar o sonho, mas desde que me prometam que não vão voltar a emocionar-se.

— Não, conta lá. Não, conta. Não nos emocionamos, conta o sonho. – Declaram Simão, Rodrigo e Joana.

— Então, cá vai. O pequeno Abel teve um sonho hediondo, com cheiro a morte, longo e aterrador, enquanto dormia no colo da mãe. Desculpem, mas prefiro agora falar na primeira pessoa. Um sonho que parecia horrivelmente real e que me tem seguido pela vida fora. Sonhei que era alentejano, o que efetivamente sou, e que nascera no Monte da Odisseia, do que também não há dúvidas, uma propriedade com mais de quinhentos hectares, situada, como já sabem, na freguesia de Al-Balad, aqui no Baixo Alentejo. O sonho cada vez era mais asfixiante, porque inúmeras dificuldades vinham ter comigo, sem que eu as conseguisse vencer. Neste mesmo sonho, eu saltara do colo da minha mãe e fora ter com o meu pai, que, ao sol-posto, estava a chegar com a parelha de mulas para recolher na cavalariça, depois de um dia de trabalho. Corri para trás das mulas e, como era muito afoito e curioso, puxei inadvertidamente o rabo a uma delas, à "Ruça", que me desferiu um coice, deixando-me cego de ambos os olhos.

– Para, para, papá, já chega! Não quero saber mais nada do sonho. – Declara Rodrigo.

– Mas isso não é verdade... os sonhos são assim... conta lá o sonho todo, papá. – Pede Simão.

– Mas que sonho mau, papá! – Dizia Rodrigo, seguido por gestos do mais novo e da mãe, a confirmarem o incómodo sofrimento.

– Pois é, mas o sonho ainda continuou com muitos episódios pelo meio. – Afirma Diogo – A partir daquele incrível acidente, tudo mudou para mim. Parece que se me abriam poços sem definição nítida à minha frente. Parecia absolutamente real o diabo do sonho. Já nem sequer via a abundante passarada a chilrear nas densas árvores. No sonho, tive de inventar outra forma de ver, usando só o tato, a audição, o olfato e o gosto, só via com as mãos, com os ouvidos, com o cheiro e o paladar... Era o despertar e o ativar estranhos de outra multissensorialidade que eu tinha de utilizar no relacionamento e interação com as pessoas e com as coisas todas... e depois acordei estremunhado e como que ávido de me certificar da odisseia por que passei no sonho.

– Olha, a palavra "odisseia", o nome deste monte... – atalha Simão. – Quer dizer o quê, papá?

– Odisseia quer dizer um conjunto de muitos acontecimentos estranhos e aborrecidos, hediondos, que nos fazem sofrer, que nos martirizam, que nos mergulham num abismo sem defesa... – responde Diogo. – Vejam lá que, durante o sonho, como estava cego, até inventei uma forma de ler e de escrever por meio de pontos, como se fossem pontos braille. Eu já tinha ouvido dizer que as pessoas cegas escreviam e liam por meio de pontinhos salientes, em relevo tátil, para isso, comecei a tatear nas matrículas dos automóveis dos caçadores que afluíam ao Monte da Odisseia e a memorizar as formas e os nomes das letras e dos algarismos, peguei numa sovela e, com ela, ponteava letras e algarismos em papel, recortando para o efeito estreitas tiras de papel a partir de caixas de camisas ou de sapatos, essas tiras correspondiam a linhas, cabiam na minha mãozinha esquerda, que suportava o papel e acompanhava com o dedo indicador a perfuração cuidadosa dos carateres que a mão direita ia efetuando com a sovela...

– Que coisa estranha, papá! Raio do sonho... – manifesta-se Rodrigo.

– Então e os meninos cegos, as pessoas que são cegas, só podem ler com as mãos... os pontinhos... o braille... – quer certificar-se Simão, com a falta de clareza e objetividade que a sua capacidade cognitiva ainda não lhe permite formular com precisão.

– O processo natural de leitura e escrita para as pessoas cegas de todo o mundo chama-se Sistema Braille e foi inventado em França por uma pessoa cega, com dezasseis anos, Louis Braille, que viveu entre 1909 e 1952, ficando o sistema com o seu apelido, Braille. – Esclarece Joana– Mas também já li na nossa literatura portuguesa, no livro Ensaio sobre a Cegueira, de Saramago, o vocábulo "anagliptografia", que é um sistema de escrita cinzelada em relevo, sendo uma forma imprópria de designar braille.

– Eh, mamã, também sabes isso?... – Constata Rodrigo.

– E já agora, também convém saber que quem inventou o ponto para ser lido com os dedos foi um Capitão de Artilharia nas lutas napoliónicas, Barbier de la Serre, nascido em 1767 e falecido em 1841, também francês. Criou um processo sonográfico por meio de pontos, a "Sonografia Barbier", com base num sinal fundamental com doze pontos alinhados em duas filas verticais paralelas entre si e com o máximo de seis pontos cada, para enviar mensagens às escuras aos soldados, sem que o inimigo conseguisse descobrir essas mensagens. Foi a partir deste sistema, que apenas era baseado nos trinta e seis principais sons da língua francesa, que Louis Braille inventou o braille, elaborando um alfabeto por meio de pontos, com base num conjunto de seis pontos, representados também em duas filas verticais paralelas, mas cada uma com o máximo três pontos, alfabeto de configuração diferente, mas com significação análoga ao alfabeto latino, aquele que usamos hoje... – Acrescenta Diogo.

– Mas houve um precursor destes dois inventores, foi Valentin Haüy, curiosamente também francês, que viveu entre 1745 e 1822, que concebeu o relevo linear dos carateres latinos, para as pessoas cegas poderem ler com os dedos... – acrescenta ainda Joana.

– É verdade, sim, Valentin Hauy, o denominado "pai da educação dos cegos no mundo", principalmente por ter criado este processo de escrita e de representação em relevo de operações matemáticas, de geometria e de materiais diversos. Teve um tempo efémero de utilização este sistema tátil de leitura, porque, pelo tamanho das letras, não permitia às pessoas cegas uma leitura tão fluente como o braille. – Completa Diogo.

– Vocês sabem tudo... tu e a mamã – declara Rodrigo.

– Bom, meus lindos, vamos continuar o nosso périplo... não somos capazes de visitar todos os pontos mais interessantes desta enorme propriedade num só dia. Teremos de cá voltar noutra altura, com mais tempo. – Diz Diogo, apontando para o carro, num gesto indicativo para entrarem nele, havendo o natural assentimento de todos. – Como a herdade é muito grande, vamos tentar, de carro, ver mais lugares e as estremas com as outras herdades à volta.

Diogo e Joana estão bem cientes dos frutíferos efeitos que podem atingir-se através de diálogos abertos e vivos, com o vigor do prazer da verdade no informar e no esclarecer. Têm os dois essa fértil preocupação no diálogo entre si e com os filhos. Têm a perfeita noção de que a comunicação é uma espécie de intermusicalidade e intergestualidade substancial e práxica no nosso relacionamento e interação, nas nossas intenções e ações, nas nossas desordens e intercompreensões, nas grandezas e fragilidades das nossas vidas na vida.

Joana apercebe-se que Diogo se atrasa a entrar no carro e que esconde umas lágrimas teimosas... Diogo, voando um olhar paulatino que se perde no infinito, sente-se observado disfarçadamente por Joana, que, num propositado envolvimento pressuroso com os filhos, ajudando-os a instalarem-se no carro, evita que eles olhem para o pai, estranhem o seu semblante contristado e comecem, como é seu hábito, a disparar imparáveis questões.

— A materialidade é efémera, a espiritualidade é eterna... — Diz Diogo, fixando o horizonte longínquo.

— Então?... — Tenta Joana desviá-lo dos pensamentos que hipotisa estarem a incomodá-lo.

— Já por aqui passou muita gente boa e que já cá não está... Já partiu para sempre... Esta paisagem já não é a mesma... Nunca mais será a mesma... — Acrescenta Diogo.

— O que é que o papá está a dizer?... — Pergunta Rodrigo, já dentro do carro.

— Está a falar com quem?... — Pergunta também Simão, já sentado ao lado do irmão.

— Não é nada. Está a dizer que vamos sair. — Apressa-se Joana a atalhar, enquanto Diogo se senta ao volante. A lembrança de tantos trabalhadores, de parentes, a designação que era atribuída aos familiares muito afastados, bastantes pessoas que trabalhavam na herdade e que também viviam por ali durante o ano... como o hortelão, o ovelheiro, os ganhões, os trabalhadores braçais... que eram tidas por Abel como se fossem da sua família... Diogo, arrancando em silêncio, mas recuando nos seus tempos de menino, tão acarinhado e mimado por toda a gente, toma consciência de que, à medida que vai acontecendo o irreversível desmoronamento e desmaterialização dos nossos entes queridos e templos humanos vivos e estes nos vão deixando fisicamente, a nossa ainda que forte racionalidade (não obstante cientes da infinitude da espiritualidade dos mesmos) começa a perder batalhas e a ceder lugar à incontida emergência das emoções, de forma anárquica e definhante de quem vai ficando... Joana faz-lhe um miminho com a mão esquerda na mão direita, que entretanto procura engrenar uma mudança. Há como que uma advertência no olhar de Joana que se traduz num entendimento cúmplice de Diogo, quebrando-se, assim, o tétrico clima em que Diogo estava a mergulhar.

O entusiasmo e os já extasiantes efeitos das estórias contadas por Diogo começam a deixar Simão e Rodrigo exaustos e, ao instalarem-se no carro, depois de umas seis horas intensamente preenchidas, já em andamento cedem à força irresistível do sono, que se encarrega de lhes descer devagar as lindas pálpebras de pestanas compridas, como sendo aveludadas persianas que baixam naturalmente, deixando-os adormecer num reconfortante sono, com a fragrância feliz, por umas surpresas, e assustadora, por outras, umas e outras estimulantes e bem sentidas e contadas por Diogo. Nem sequer ninguém ainda sentira fome. A estimulação da curiosidade e da ciosidade do saber é um alimento anímico forte, que pode ofuscar em certas alturas o apetite gastronómico. A gostosa apreensão de conhecimentos constitui alimento, respirando-se e comunicando-se.

A comunicação que estabelecemos uns com os outros pode ser simples e profunda, basta que nos saibamos olhar e não apenas ver (seja por que modalidade sensorial for) de forma intercompreensiva e sem receio do vocabulário e dos recursos não-verbais que estiverem ao nosso alcance para nos entendermos nas diferentes tipologias e processos de interação que satisfazem uma necessidade inata do ser humano (o relacionar-se e o interagir), efetuando-se esse relacionamento através da emissão, receção e interpretação de imagens simbólicas (visualizáveis, audíveis ou audiotáteis), mediante a utilização de códigos comuns, de ordem cultural e partilhados como resultado de um processo de ensino/aprendizagem e de socialização.

A comunicação que estabelecemos uns com os outros pode ser complexa e igualmente profunda, basta que nessa complexidade e abrangência sociocognitiva, relacional e interativa, estejamos contextualizados sob o ponto de vista conceptual, epistemológico, da prática intelectossocial, desejo e prazer no conhecer, saber e partilhar progressivos em todas as áreas do conhecimento.

A interlocução ou comunicação interpessoal por qualquer outro processo, a interação entre culturas diferentes ou entre pessoas com capacidades e competências cognitivas e outras muito diferentes, podem oscilar entre a tolerância e a irredutibilidade, inclusive na aceitação mútua das diferenças das diversas formas de relacionamento e interação, de xenofobismo ou de racismo. Mas recorrendo à cultura e saber humanos, num novo paradigma sociocomunicacional, na forma de polinómio educomunicacional "educação+comunicação/TIC+cultura+pedagogia comunicacional", imbuído nas diferentes literacias, podemos estabelecer consensos nestes domínios, desenvolvendo relações amigáveis e frutíferas entre os povos e as culturas nas sociedades modernas, que são cada vez mais multiétnicas, pluridiferentes e expostas à comunicação intercultural e nas variadas especificidades comunicacionais, assim amenizando ou eliminando determinadas ambivalências que se observam entre as manifestações do universalismo e dos particularismos.

Vencemos as variações e condicionantes sociocomunicacionais interculturais e as diferenças sensoriocognitivas, sociocognitivas e de outra índole qualquer, por intermédio de uma boa e experimentada utilização dos diferentes suportes comunicacionais. O nosso empenho e desempenho comunicacional tem de refletir paralelismos entre as palavras e as ações. Umas e outras têm de falar sempre a mesma língua. Temos de nos sentir todos confortavelmente envolvidos num abraço inclusivo neste mundo de diferenças, em que todos cabemos, independentemente das dificuldades de cada um. Todos nascemos humanos, mas todos precisamos de aprender a saber humanizar-nos e a humanizar o mundo em que vivemos, a que pertencemos e que estamos obrigados a contribuir para o seu desenvolvimento e fertilidade.

II – LUAR DE VERNIZ

Era uma manhã escaldante de Agosto do ano 2000, no edifício da Fundação do Néctar Dionisíaco que acorda os afazeres na voz da espirituosidade. O sol como que gritava a amplas asas de cigarra o calor nas simetrias e sinergias de Belavila (Benavila é mesmo uma Vila bela), estremecendo de canícula o silêncio natural verdejante de sonho. As andorinhas chilreavam o Verão e gorjeavam, de nutritício bico cheio, vida aos descendentes ainda a penujar e aninhados no barro emplumado de amor. As flores sorriam ainda as gotículas emergentes da noite já abscôndita. As paredes do edifício branco ostentavam uma cumplicidade desvanecida com um passado ufano. Este imóvel cinquentenário, acolhedor de tranquilidade, diversão e esperança, como que se carcomia de ilusão e afeto na jactância arquitetural e postura grandiloquente que pairam no tempo.

No sopé de velhos e relhos hábitos, ainda se esconde um ténue saudosismo na dicção pausada do guarda noturno e no coaxar das rãs em orquestra na barragem que ilustra e anima todo o espaço, sob o semblante fictício "tudo vai bem", um luar de verniz.

Este decrépito edifício, vestido de uma simbiose do que parece e do que não é, simulando o ótimo e simbolizando belas policromias de convivialidade, mimando contudo um inusitado desejo de persistir na conveniente negligência, parece refletir uma imaginação (quase asfixiante por vezes) prenhe de cultura, saber espiritual, moral e cívico, uma tipologia de consciência crítica tão inquieta de surpresas felizes, desalentos e funestas desilusões, quanto fugaz, reticente, ciente e fixa nos grandes valores humanos existenciais.

Uma espécie de casamento entre alegria e tristeza, mas onde a tristeza se manifesta às vezes em turbilhão, como que numa nostálgica miscelânea de instrumentos musicais, de sons metálicos, de ritmos cadenciados e em anacruse, misturas fugidias de classicismo e com laivos de erudição, de "rock" e "pop", de "pimba" e desconforto, de cravos e cítaras suplicantes, de pianos e violinos doces e absonantes, de folclores astutos numa associação entre a esquálida, a sortílega e promissora paisagem dos sentires e um enigmático fruir de paradoxos.

Noites que instigam os silêncios a promover harmonias biofísicas e intelectuais; silêncios que promovem as noites a laboratórios de ciência viva, numa musicalidade e subtileza de sentido, onde língua e poesia se confundem em dimensões pluridirecionais. Voando na poesia como a língua originária de um povo e na sua língua como a poesia mais original, como que de súbito nos sentimos imersos numa nuvem heideggeriana que paira numa alentejânica e alentejanizante paisagem do pensamento.

É este híbrido e tumultuoso cogitar que Diogo deixa transparecer no rosto, absorvido em silenciosos gestos e a debater-se, sem êxito, com o disfarce. Tão perscrutador quanto apreensivo, sente fluir-lhe por todo o corpo estes aromas, sabores, imaginações, desilusões... como que arrebatado pela lubricidade e enlevo paisagísticos, onde o deleite na geografia mental e nos voos (ilusórios e reais) da ciência se deita atuante no êxtase da sensação.

Contudo, apercebendo-se de que Joana o observa atentamente, acaricia-a com a ternura que lhe brota do olhar.

– Olá. A manhã está linda e promissora, como tu, sempre! – Envolvendo-lhe, carinhosamente, a cabeça nas mãos.

Joana não se surpreendeu. Sabia que, de um momento para o outro, surgiria, de Diogo, uma manifestação física de afeto.

– Eu sei sempre quando vem aí um miminho para mim. É ternura inata. Mas eu não te fico atrás – enroscando-se-lhe ao pescoço.

Num instante, estreitando-se num abraço, as coxas de ambos atraem-se mutuamente, unindo-se, como que hermetizando na junção das regiões hipogástricas o tesouro do amor e do prazer, enquanto ele a vai amimando com a suavidade do enlevo e com o alternado entrelaçar aveludado das mãos.

Joana, também de uma mão dada com Diogo e disfarçando as contorções provocadas pela libido em ascensão, segue-lhe, embevecida, os voos espelhados na face e no olhar.

– A arte e a ciência de exprimir sentimentos ou impressões por meio de sons... – suspirou Diogo.

– O quê?! – Perguntou Joana, atónita, desprendendo-se-lhe por completo do pescoço, desentrelaçando a sua mão esquerda da direita dele e sentando-se.

– É a sapiente e enigmática sinfonia de órgãos musicais das cigarras-macho, colorida por coaxares e ladridos, crocitares e arrulhares, cacarejares e rinchares, zurrares e grunhidos longe, a bela diversidade dos adejantes chilreares... que me fez pronunciar esta definição de música... – justificou-se Diogo, sentando-se também.

– Pensei que estavas a delirar... mas o que estás é um pouco triste... – admitiu Joana baixinho.

– Não quero a tristeza, abomino-a, mas pressinto que me pode ser útil e depuradora de sensações e convicções... Pode ajudar-nos no crescimento humano, na compreensão e no saber integrar-nos e saborear o caleidoscópio da felicidade – declarou Diogo.

Joana esboçou um sorriso reticente e inquiridor, saracoteando-se no banco de ferro em que ambos estavam sentados, à sombra de uma parede caiada de branco velho. Emitiu alguns apuros doces de garganta e replicou:

– Olha que às vezes... talvez tenhas razão. Mas a tristeza não interessa nunca. Quando há tristeza é porque alguma coisa corre mal. Há sempre algum motivo para que estejamos tristes. A tristeza não me faz falta nenhuma. Penso que ela só representa, ou parece representar, alguma coisa quando tivermos sido invadidos por ela sem razões trágicas ou quando nos levantamos e refletimos algo que se reveste de certo significado e que é preciso depurar. Mas, na verdade, a tristeza não deveria existir no coração de ninguém.

Diogo assentiu num leve trejeito da face, conjugado com o correspondente encolher de ombros. Levantou-se, passeou de um lado para o outro, encheu o peito de ar e, num tom de voz convincente, continuou:

– Sim... nem tudo à terra nem tudo ao mar... A tristeza às vezes é como uma espécie de poesia, parece que nos ajuda a reconciliar-nos connosco próprios... Mas... somos um todo indissociável de insustentações, aspirações, de altos e baixos, vestidos e despidos de pensamentos e sensações, de verdades e falsidades, mesmo de mentiras... potencialmente bons e carinhosos, virtualmente maus e sórdidos, loucos.

– Diz André Gide (1869-1951) que "as coisas mais belas são ditadas pela loucura e escritas pela razão" – lembrou Joana.

Desdenhante num simulado esgar, sorrindo-lhe de olhar saltitante, Diogo continuou:

– O insigne pensador Agostinho da Silva (1906-1994), em sintonia com Gide, desejava que a loucura o inspirasse e que a razão o exprimisse. Penso que poderemos ser loucos ou deixar-nos atacar pela loucura, somos às vezes loucos porque queremos ou porque podemos, consoante os motivos, as circunstâncias e os objetivos.

– Mas sempre dotados de razão – asseverou ela.

– Apesar da razão escravizar todas as mentes que não são suficientemente fortes para a dominarem.

– Sim, estás a parafrasear George Bernard Shaw (1856-1950), mas tu
tens uma excelente balança na consciência que te ajuda a dominar sempre
a razão.

Joana também se levanta e acompanha-o no passeio circunscrito à fa-
chada principal do imóvel, reintervindo numa voz doce, mesclada da densa
ternura e da brejeira graciosidade que tão bem sabe utilizar, envolvendo-lhe
de seguida o pescoço nos seus braços.

– Eróticos, exigentes, reticentes, aparentemente desistentes mas persistentes...

Diogo pregou os olhos no chão, abanando a cabeça e emitindo um tíbio
apuro de garganta. A um sinal seu, voltaram ambos, abraçados, para o banco
de ferro.

– Mas... que bicho é que te mordeu agora? – Inquiriu ela.

– A tristeza, por vezes, também recrudesce o erotismo... às vezes até se
faz amor com maior intensidade e prazer mais prolongado... – completou
ele, num tom de gracejo sensual.

– Tinhas que lá ir bater. É matemático. Nunca falha – realçou ela, sorrindo e mordiscando os lábios grossos e sensuais.

– Então não é verdade que corre sempre maravilhosamente bem?
– Questionou ele, matreiro, seduzindo-a.

Joana sorriu ansiosa, com a peculiar expressividade dos seus lindos
olhos castanhos e pestanudos, acentuando:

– Sabes bem que não há nada para ninguém.

– Há alturas em que me irrita solenemente ficar em segundo lugar.

– Mas ele nunca te atrapalhou...

– Esse "intruso"... – tartamudeou ele.

— Olha as andorinhas. Tantas! — Atalhou ela, a rir.

Diogo riu também, e depois de um relancear de olhos pelos beirais dos telhados cravejados de inúmeros ninhos de andorinha, recostou-se no banco, acariciou a farta e linda cabeleira preta e ondeante de Joana, dizendo-lhe numa postura quase solene:

— Bem, já que não há nada para ninguém, sempre gostaria de partilhar contigo o que pode representar para mim a tristeza. Eu também não a quero. Vivo melhor sem ela... mas... quando a tristeza me surpreende, abraço-a e questiono-a: terás razão?... Mas simultaneamente pergunto-lhe: ter-te-ei merecido?

— E qual é a resposta dela?

— Não brinques, porque ela já me tem sido útil.

— Eu sei. Era só para suavizar o conceito.

— E quando a questiono, só lhe peço que não me inunde nem me lance nas trevas. Que não seja persistente e que me abandone com a necessária e útil regularidade para que a alegria me ilumine e me torne profícuo a mim e aos outros.

— Escreves mais poesia, sobretudo quando, por qualquer razão, estás triste...

— É verdade. Penso que todos nós, ou quase todos, só fazemos poesia num estado tétrico ou impregnados de alguma melancolia. Se calhar, é por isso que também suplico à tristeza que volte sempre que eu precise de refletir e de reagir, mas na proporção da minha necessidade espiritual, intelectual, moral e cívica.

— Não tenho dúvidas. Inteiramente de acordo contigo. As andorinhas também parecem querer ouvir-te. Cada vez vão estando mais perto.

— É curioso. Na verdade...

– Daqui a pouco, estão também a fazer o ninho nos teus belos cabelos! – Advertiu ela, sedutora.

– São apenas voos de reconhecimento dos nossos afazeres – balbuciou ele.

– Mas insistem, hem? Não param de nos observar...

– Estes voos, esta cor, fazem lembrar-me os pássaros da tristeza. "Não podemos evitar que os pássaros da tristeza sobrevoem as nossas cabeças, mas podemos impedir que façam ninho nos nossos cabelos" – disse ele, aprimorando o discurso num provérbio chinês.

– Ha-ha-ha-ha – gargalhou docemente Joana – então, tens que estar atento. Mas as andorinhas, embora predominantes e aladas de preto, a mais sombria de todas as cores para muita gente, não são pássaros da tristeza...?

– Bem sei que não. Vou-me acautelando com os outros pássaros – sorriu Diogo.

– Também migratórios?

– E que pássaros! – Sublinhou ele.

– Com os passarões...? – Insistiu ela.

– E com as passarinhas.

– Que passarinhas!? – Associando à expressão um audacioso e não menos gracioso ápice paraverbal, remetendo-o para podengos horizontes – Quem é que preenche as minhas ausências...?

– Bem, não te finjas tola. Estava a brincar, para espantar a tristeza.

– Mas porque é que insistes na justificação desse sentimento? Porque é que não continuas a olhar para as andorinhas? – Puxando-lhe o nariz – Eu não sou a tristeza, penso que não sou, mas mesmo não havendo nada para ninguém, podes abraçar-me...

Diogo, num sério trocadilho de proposições adversas inculcadas pela paisagem e pelos sentires, corresponde à sedução.

— O que é facto, é que a tristeza apresenta-se-me, às vezes, como uma figura de estilo psico-intelectual, seráfica e gargalhante, sinistra, sisuda e reflexiva, mobilizante e dinamizadora, fomento tenaz e persistente de ascensões e clarividências.

— Já sei que precisas sempre primeiro desse tipo de hipersensibilidade para melhor fazeres amor depois. Ou... será uma forma de seduzir, de persuadir a tua metade...? — Indagou Joana a rir, procurando amenizar-lhe ou condicionar-lhe o discurso.

— Não me digas que nunca tiveste este tipo de sensação?! — Insistiu ele — É uma amálgama de silêncio, secretismo, oscilações de alma com e sem asas, volitismo hermético e abulicismo fingido, ausência e vazio, prospeção, sonho.

— Fingido? Explica lá isso melhor.

— Queria dizer enganoso. São sensações que nos atacam, às vezes como que impérvias. É uma espécie de remar sem batel, sem leme nem mar... gritos surdos e lágrimas mudas, licores de dor e néctares de querer, tormentos para perecer e para vencer...

— E têm sido as grandes obstruções que te colocam no caminho, as inexplicáveis dificuldades que te têm criado e os ardilosos pontapés que tens levado, as surpreendentes agruras que te fazem entristecer, mas que também te têm feito triunfar.

— Isso é verdade, Joana. Mas já começo a ficar cansado.

— Então não é a tristeza que te ajuda na resolução dos problemas, mas sim as circunstâncias adversas com que te surpreendem. Esses condicionalismos, esses impedimentos, essas tramoias é que te têm tornado teimoso para vencer. E ainda bem. Estou muito feliz por ti.

– Pois sim, mas é na contristação por todas essas ignominiosas adversidades que me têm surgido as soluções.

– Assim já estou de acordo contigo, meu lindo – sorrindo-lhe, embevecedora.

– É uma sensação que se me afigura necessária... recrudescente de desejos e de satisfações...

– Então... desejos e satisfações...? – Inquiriu ela, reticente e doce.

– É um fenómeno sentimental obscuro e luminoso... umas vezes solidão vazia e inodora, outras vezes cheia e policromizada de aromas.

O bulício das memórias de infortúnios começava a importunar Diogo e a deixá-lo hirto, e Joana, consciente disso, diligente, lograva mudar de assunto.

– Eh, meu querido! Que verbosidade essa. Que tratado que para aí vai. É filosofia, é poesia... bem, costumas dizer que a poesia é, às vezes, mais filosófica do que a própria filosofia. E como gostas e fazes poesia, tens uma enorme tendência para brincar, de forma séria aliás, com as palavras, com os conceitos, com as antinomias.

– Adversidade proposicional. É um palanfrório, ainda que por vezes misturado com uma certa frivolidade, a que procuro conferir sempre algum conteúdo – gracejou ele.

– Estava a referir-me à poesia, às palavras, às ambiguidades conceptuais... meu doido – brincou ela também.

– Mas tu também – replicou ele, restituindo a seriedade ao semblante – Tu também escreves sobre a tristeza, solidão, poesia... que sei eu! Olha, basta lermos o teu livro, o que publicaste agora. É claro que a alegria também lá está, muito bem expressa, aliás.

– Assim é, meu lindo. E Lord Byron (1788-1824) escreveu que "só teremos alegrias se as repartirmos: a felicidade nasceu gémea".

– Isso é indubitável – concordou ele – Francisco Xavier de Oliveira (escritor português conhecido como Cavaleiro de Oliveira, que viveu entre 1702 e 1783) também disse que "duas pessoas que se amam não supõem alegria nem felicidade senão no seu amor".

– Na realidade, nós amamo-nos. Imenso. Não deixamos adormecer a paixão. Estamos sempre a inventar alternativas para a mantermos acordada e viva. Mas, à nossa volta, felizmente que ainda se observa alegria e felicidade em muitas pessoas. São os que se amam e que são felizes que têm obrigação de promover a alegria e a felicidade no coração dos que precisam... – Comentou Joana, reflexiva.

– Claro. Claro. Mas, para isso, é também preciso que não nos falte a vocação e vontade, a tolerância e persistência, a solidariedade, como inadiáveis e amplos imperativos éticos e morais, a determinação e... é evidente... as condições humanas para a eficácia da nossa atuação, a necessária recetividade dos outros, dos supostamente carenciados.

– Às vezes mais parece que ficam incomodados com a nossa felicidade...

– Ficam mesmo incomodados, e até nos desejam mal. – Acentua Diogo.

– O homem, segundo alguns pensadores, estou a lembrar-me de Spinoza (1632-1677), pode ser o melhor bem para o homem... mas também pode ser o seu pior inimigo, no dizer de Lévi-Strauss (1908-2009), principalmente quando o sentimento de inveja o assalta. – Sublinha Joana.

– Sim... Spinoza também nos diz que a inveja se pode traduzir no ódio em si próprio por dispor o homem para o gozo do mal e para a tristeza pelo bem de outrem. Já Aristóteles (384-322 a.C.) dizia que o conceito pode ser entendido como "uma dor causada pela sorte que bafeja pessoas que nos são semelhantes".. E, parafraseando Kant (1724-1804), podemos considerar o sentimento de inveja como uma tendência para observar com dor o bem dos outros, mesmo quando esse bem não traz qualquer prejuizo ao nosso próprio bem. O que penso, sinto e defendo é que devemos evitar perder tempo com a definição do conceito e procurar identificar em nós os sinais desse sentimento perturbador e daninho, que é humano, sim, mas que não podemos alimentá-lo, sob pena de nos tornarmos cruéis desumanos, sem emenda. – Acrescenta Diogo.

– Kant tem razão, quando diz que o "o homem não é nada além daquilo que a educação faz dele". – Adianta Joana.

– Por isso é que Pitágoras (fl. 532 a.C.) já dizia que é preciso educar as crianças, para que não seja necessário punir os adultos. – Reforça Diogo.

– Mas também há quem fique muito feliz e nos queira imitar.

– Sem dúvida. E decerto que os outros também. Mas às escondidas – aduziu Diogo.

– É uma utopia, mas... faremos o que pudermos, não é...?

– É claro. É claro. E o que nos deixarem fazer. É a utopia que sempre nos impulsiona e a cultura que nos disciplina – acentuou, apreensivo.

– No fundo, a utopia e a cultura é que nos ajudam a conferir significação e legitimação à nossa vida... – conclui ela.

Por uns instantes, permaneceram ambos a contemplar a planície rasgada pela longa e serpenteante barragem, o elixir aprazível e refrescante da zona, também da mente e da consciência. Diogo, furtivamente, ia garatujando no seu caderninho de notas linhas de observação. Joana, embora curiosa por saber o que ele escrevia, resistia a não interrompê-lo.

Todavia, uns minutos depois, espreguiçou-se e cedeu ao impulso de lhe declamar, na sua voz cativante e bem colocada, uma quintilha que, entretanto, lhe ocorrera:

Cantam as cigarras,

Sonham corações:

Gritam as amarras

O fim às prisões

Na paz das razões.

– Mas que sereia é esta que me arrebata numa estrela de cinco caminhos e me extasia no arco-íris do amor? – Inquiriu ele, maravilhado.

– Mas que gongorismo excitante!

– Mas eu estou preso a essa estrela por pura convicção e desejo irreversível. – Declarou ele.

– Ha-ha-ha-ha. Então é estrela... ou sereia? – Pergunta ela, a gargalhar.

– É o meu mundo. É a minha árvore. É o meu livro. É... assim o espero... a nossa relação inabalável e frutuosa no nosso mundo. É a minha estrela e a minha sereia.

– Que bom. Que fascínio louco este, que me enleva no amor – beijando-o sofregamente.

– Olha as andorinhas – atalhava ele agora, num propósito de contenção.

– Tens razão... – controlando-se.

Não te esqueças que, segundo um provérbio chinês, "três coisas nunca voltam atrás: a palavra dita, a seta lançada e a oportunidade perdida" – excitando-a.

– Não me provoques mais. Olha as andorinhas.

Riram ambos a amplos pulmões. As andorinhas assustaram-se e levantaram em bando.

– Olha, já não há andorinhas!

– Há, sim, já aí estão de volta – observou ela, à gargalhada.

O Guarda também passou ao largo, como que fazendo ronda.

– Olha, o Guarda já passou pelas brasas. – Segredando-lhe – Deve ter acordado com as tuas gargalhadas.

– E com as tuas – gargalhando de novo.

– Temos que nos conter. Ainda nos expulsam – advertiu ele, a rir.

Varreram com o olhar contemplativo, em silêncio, a bela moldura paisagística oferecida pela natureza. O Guarda, ronceiro, macilento e envergando camisa e calças de ganga em azulão, de óculos de sol no nariz e boina preta enterrada na cabeça, de cigarro ao canto da boca, lá ia cumprindo o giro, fazendo levantar voo bandos de andorinhas e de outra passarada à sua passagem, acompanhada do som da escarradura nicotinosa. Joana e Diogo permaneciam absortos, até que Joana, curiosa e feliz, momentos depois indagou.

– Então e... e agora... eu não posso ler o que tens estado a escrever?

Diogo enlaçou-a, beijou-a e acariciou-lhe a nuca com ternura.

– És linda! Mas... parece que não há nada para ninguém... não há aqui ninguém. Seria uma loucura deliciosíssima em cima deste banco, duro como a força do desejo!... – Segredando-lhe, voluptuoso.

– Desejo monstro!... Olha as andorinhas... – também ela lhe segredou, mas com a voz já anelante de prazer.

Numa irresistível incontinência das pulsões de ambos, o mútuo desejo comandou durante instantes o vigoroso ímpeto da lascívia, criando quase todo o pragmatismo e irreversibilidade para as excelsas consequências. Não fora o repentino bater das asas de uma pomba, e a inevitável consumação sublime estaria iminente.

– O raio da pomba condicionou isto tudo... – disse Diogo, ofegante e como que emergente de um sono com belos sonhos, mas inconclusivos.

– Ainda bem... já viste o que ia acontecendo... amor? – Replicou ela, lânguida e enlaçando-o de novo.

– Quase que atingíamos a expressão máxima do prazer táctil... – referiu ele num tom jocoso e apertando-a.

– Uma interação linda e sem par... – adiantou ela a arrulhar.

– A mais sublime e inquestionável beleza biopsíquica e emocional – acentuou ele.

O sobrevoo de um bando de andorinhas chilreantes e o chegar de um automóvel, estacionando com decibéis que provocavam o aturdimento de qualquer tímpano, fê-los recompor. Diogo pegou no caderninho de notas que sempre o acompanha e passou-o a Joana.

– Toma, vê se gostas. É o que escrevi há pouco.

Joana, depois de fazer uma primeira leitura em silêncio, exultou.

– Caramba, está excelente! Vou lê-lo em voz alta:

No sopé da solidão

Cheira a sombras dum jardim,

Aguarelas de razão

Em penumbras de marfim.

Chovem páscoas de ilusão

Com perfumes de alecrim,

Clamam ventos de paixão

As memórias de cetim.

São janelas de erosão

Em luares de jasmim

A fazer amor betão

Com segredos em latim.

– Que maravilha! Gosto destas figuras de estilo – conclui Joana, feliz.

– Mas... não estás só?! – Quis ela certificar-se.

– Não, minha querida. Esta solidão é, infelizmente, a dos outros. A de muitos, sem ninguém e sem a compreensão de ninguém.

De repente, são surpreendidos pela presença de uma raridade feminina, opulenta e enfatuada, como que paramentada de luar, uma senhora vestida a rigor solene, de cabelo louro bem penteado, de face levemente comprida e embelezada pelo requintado toque de ruge. Joana e Diogo contrastam, em postura e trajo, com a recém-chegada. Têm um inquestionável ar de férias, numa indumentária simples e reduzida, vestindo ambos calções de ganga cinzentos, ela t-shirt cor-de-rosa, ele t-shirt azul petróleo, e calçando os dois sandálias de couro.

– São pais? – Inquiriu a senhora – É que também cá tenho um afilhado em férias.

– Somos, sim. Temos cá os nossos dois filhotes. – Respondeu Diogo, ligeiramente contrafeito ante a altivez impregnada no tom da pergunta.

– Vi umas crianças a brincar à varanda. Estão lá em cima?

– Aquelas ficaram a descansar de uma atividade, uns jogos noturnos – disse Joana.

– Então há mais do que aquelas?

– Há muitas mais e que estão em atividades fora daqui – continuou Joana.

– Não sabem aonde é que essas estão agora? – Insistiu de forma menos grave e medindo bem com o olhar o esbelto e atraente corpo de Diogo, de cândida expressividade de rosto e de olhos castanhos, grandes e pestanudos.

Num repente expressivo e automático ante o inspirativo charme de Diogo, ensaiou, cautelosa e refinando a conveniente furtividade, um dissimulado jogo de sedução.

– Esta manhã estão em desportos radicais – informou Joana, fitando-a.

– Sim, mas em que sítio? Também não sei se o meu afilhado ficou com aquelas que ali estão ou se foi com as outras... É que estou agora a chegar do norte, não tenho tempo, tenho a empresa umas horas sem mim, o que nunca aconteceu até hoje – inquirindo e justificando-se a senhora, dissimulando a desfaçatez e justificando a pressurosa insistência.

Diogo e Joana entreolharam-se, como que procurando um no outro a elucidação mais precisa.

– O dono da empresa, que agora é minha, já não faz parte dos vivos. E o meu afilhado é neto dele. A minha vinda aqui também serviu para me descontrair – atalhou a senhora, passando um lencinho cor-de-rosa pelos olhos, aparentemente humedecidos.

– E... nós podemos... ser úteis nalguma coisa?... – Disponibilizou-se Joana, reticente e perscrutante.

– Não. Que ideia essa agora. Mortos com mortos, vivos com vivos – reagiu lépida a senhora.

– Não é isso, minha senhora – advertiu Joana.

– Mas que filme! – Sussurrou Diogo a Joana.

– O que é que estão a dizer? – Perguntou a senhora.

– Estávamos a dizer que tem razão – apressou-se a esclarecer Joana.

– Fumam? – Questionou a senhora, exibindo um enorme charuto, retirado de uma caixa que guardava na mala de mão, e acendendo-o com um isqueiro "Ronson", de ouro.

– Não. Não. Nós não fumamos. Nunca fumámos – responderam ambos, quase em simultâneo.

– Estão bem ensaiados... os senhores – titubeou a mulheraça, gerindo a saída das palavras em torno do grosso charuto que mal lhe cabia na boca, quase de orelha a orelha, mas proporcional a toda a sua enorme estatura física e de formas bem definidas.

— Sempre gostei de charutos grossos. Adoro sentir-me cheiinha — advertiu a senhora, deixando escapulir-se-lhe um leve e irónico sorriso.

— O problema é que morre muita gente por causa do cigarro — observou Joana.

— Mas isto não é um cigarro. É um charuto, estupendo.

— Seja o que for. Morrem diariamente dez mil pessoas em todo o mundo, por causa do tabaco. Se apenas uma pequena parte dos mil e cem milhões de fumadores atuais, dos quais cerca de duzentos mil são mulheres, abandonasse o tabaco, os benefícios económicos e para a saúde revelar-se-iam enormes. Fumar é um hábito terrível que parece aumentar nas pessoas que sobem no nível de vida, do desenvolvimento — comentou Joana.

— Que ar tão grave, jovem. — Observou a senhora, zombeteira, soprando o fumo do charuto.

— O assunto não parece ser para ridicularizar. Até a nossa pele sofre imenso sob os efeitos do tabaco. A pele, que nos liga fisicamente ao mundo envolvente, que é uma ligação viva e interativa com o meio que nos rodeia, é um órgão do corpo humano, aliás, o maior, que, como todos os demais, é constituído por células que nascem, crescem, morrem, dando lugar a outras células novas, ao longo de toda a vida... — Retorquiu Joana.

— Fala bem, jovenzinha.

— Obrigada. Mas deixe-me dizer-lhe ainda que, depois do sol, os piores inimigos da juventude da pele são o tabaco e o álcool. O tabaco enfraquece as fibras de colagénio e elastina, dificultando a oxigenação, e o álcool afeta a circulação e favorece o aparecimento da couperose.

— Então o tabaco não faz mal à circulação?

— É evidente que faz, e muito. Mas eu só me referia, agora, à nossa pele.

— Sabe muito. É médica?

— Obrigada, mais uma vez, mas a minha profissão é o que menos interessa.

— Os médicos são os piores exemplos. — Acentuou a senhora.

— Por vezes, infelizmente, é verdade.

— Experimente uma delícia destas, e mudará logo de opinião. — Estendendo-lhe a caixa dos charutos aberta.

— Não, muito obrigada. E... curiosamente, considerando o estatuto social que a Senhora insiste em deixar transparecer, nos países desenvolvidos, um quarto das mulheres são fumadoras. Nada salutar, como deve saber. — Desdenhou, sem querer, Joana.

— No que respeita às grávidas, já está provado que fumar durante a gestação acarreta riscos para a mãe e para o feto, sendo o crescimento deste reduzido em cerca de duzentos gramas — acrescentou Diogo, circunspecto.

— Dizem isso, mas eu sinto-me bem assim. E também não estou grávida. Na minha função de empresária, o fumar faz-me falta. Também, jovem, como estava a querer dizer há bocado, não estou a zombar de nada e de ninguém — esclareceu a senhora, fixando Joana.

— Presentemente, o tabaco mata cerca de três milhões e meio de pessoas em todo o mundo. Prevê-se que, em 2020, o tabaco seja a principal causa de morte e de incapacidade, passando a matar mais de dez milhões de pessoas por ano, mais mortes humanas do que as provocadas conjuntamente pela SIDA, tuberculose, mortalidade materna, acidentes de viação, suicídios e homicídios — enfatizou Joana.

— Oh-oh-oh! Nessa altura terei sessenta anos. Ainda tenho duas dezenas deles para fazer o que me apetece. O que me der na real gana — interveio a senhora, deixando escapar um silvo de tosse tabaginosa.

— Está no seu direito... Essa tosse já testemunha bem... — concordou Joana, reticente.

– Isso também não me chateia nada. No nosso país tosse-se por tudo e por nada... – rezingando a senhora.

– Tem razão. No cinema, no teatro, nos concertos, nas conferências, nos velórios... seja em que lugar for, seja em que circunstâncias for, tosse-se sempre, maquinalmente, em especial nas situações em que há intervalos.

– É uma sinfonia pegada. Até nos galanteios se tosse... Tosse-se às vezes umas tossezinhas que até faz comichão – adiantou a senhora, deixando silvar uma gargalhadinha tossida.

– É verdade. É uma polifonia impressionante, tosseológica, por todo o lado. Na nossa literatura, nos discursos, até durante o ato sexual... – acrescentou Diogo.

– Hum, hum! Tosseológica! É tosseólogo? – Quis a senhora saber, desdenhante e deixando silvar da boca uma nuvem de fumo do charuto, que fuma numa acesa e como que voluptuosa sofreguidão.

– Não sou tosseólogo. Sou apenas um bom observador. Em Portugal, toda a gente tosse, indiscriminadamente. Parece ser uma almofada para preencher vazios, um encosto fino, o tossir nos mais diversos tons e formas...

– Há tantos problemas: veja-se o alcoolismo, por exemplo, que é um dos maiores problemas de saúde no nosso país, que afeta à volta de um quarto da população e mata cerca de vinte pessoas por dia – ajuntou a senhora, fitando o fumo do charuto a esvair-se no ar.

– Grande parte de delitos e crimes cometem-se sob a influência desse tóxico terrível, entorpecedor dos sentidos – completou Diogo.

– Eu também não prescindo de um bom copo. Sou mesmo, como se costuma dizer, um bom garfo e um bom copo. No Porto come-se e bebe-se bem! – Declarou a senhora.

– Porto. Cidade do Porto. Grande no tempo e esplendorosa na sua beleza e riqueza histórica, cuja origem remonta a 417, era Cristã, ano de uma renhida batalha travada entre os habitantes e os que os pretendiam expulsar, mas sendo os que já lá residiam os invictos vencedores. Decisiva vitória! – Atalha Diogo, com entusiasmo.

– Olha, agora também é historiador?... Também conhece o Porto?... – Questiona a senhora, admirada.

– Sim, claro, o também tem uma das mais belas designações que lhe foi atribuída em 1890 pelo escritor francês Jorges de Saint-Victor, em «Souvenirs et Impressions de Voyage»: "o Porto é a Pátria das Camélias". Esta ideia foi retomada em 1925 pelo prolífero escritor portuense Alberto Pimentel, nascido em 1849 e falecido em 1925, ficando também célebre a sua frase "Camélias ou rosas do Japão, o que é certo é que elas fizeram do Porto a sua pátria adoptiva". O Porto e as suas imediações é um *design* singular de poesia e de requinte imperial dos sentidos, que o Rio Douro também segreda às duas cidades, Gaia e Porto, que se olham, beijando-as e acariciando-as ao mesmo tempo e deleitando-as com uma espécie de misteriosa volúpia que as marés, nos seus lascivos marulhares e prazerosas ondas incendeiam... – Retrucou Diogo, num olhar, como que a esvoaçar no horizonte, a sair debaixo da leve cobertura que esconde os bancos de ferro de quem porventura estiver numa das janelas do edifício.

– Bem, agora já percebo melhor o trabalhinho que os dois há bocado estavam a encenar... – Insinuou a senhora, num ar reprovativo – Mas eu estava a falar da gastronomia e do bom vinho que se bebe no Porto. Os copos até afogam às vezes certas preocupações e mágoas... – Atalhou a senhora, numa reticente irritação.

– Deixe-se de insultos, minha senhora. Somos um casal jovem e bem ciente dos nossos comportamentos, quando estamos perante outras pessoas ou quando nos encontramos isolados, só os dois. As questões da ética e da moral não são chamadas para o digno bem-estar de um casal livre e cumpridor dos recatos da verdade e da liberdade, duas pessoas que têm filhos e que continuam a amar-se e a desejar-se mutuamente. E que não andam por aí a expor-se, exibindo publicamente as suas manifestações e consumações amorosas. A senhora é que nos quis invadir o espaço e incomodar, como uma disfarçada ladra, rubando prazeres. Mas voltando à razão e aos efeitos do álcool, como defende, em minha opinião o álcool só serve para afogar a própria vida no abismo. – Alvitrou Joana, numa firmeza inabalável na voz e na postura.

– Sim, sim. Só recados. Só ofensas. Você é que me está a insultar. Não lhe roubei nada para me estar a chamar gatuna. Mas está bem. Não quero falar mais disso. Isto até parece uma novela... – Empertigou-se a senhora, expelindo uma longa golfada de fumo, como que a recompor-se da reprimenda.

– Novela da vida real? – Continuou Joana, numa hirteza ficcional.

– "Big Brother"? – Acentuou Diogo, espirituoso.

– Que disparate! Nada disso. Estou habituada a que me façam tudo. E eu faço o que me dá na real gana, sem me subordinar a ninguém. E não conseguiria viver encarcerada a conviver com a estupidez e os assédios. E sem as novas tecnologias. Sem a eletrónica – retrucou a senhora, soberba. O casal resolve deixar correr a conversa, sem lhe continuar a responder propriamente à letra.

– Tudo?... – Persistiu Diogo, evidenciando jocosidade na pergunta.

– Bem... não será tudo... não lhe parece? – Retificou a senhora, ataviando um sorriso brejeiro que se lhe soltou.

– Sim, sim. Mas... falávamos de problemas sociais... – interveio Joana.

– Ah, é verdade. Outro grande problema na nossa sociedade é a droga, são as drogas – incluiu a Senhora.

– As lícitas e as ilícitas. – Acrescentou Diogo.

– Eu sei. Não preciso de ajudas nesse assunto. A humanidade também é prejudicada a cada momento na questão sexual. Como também pelo *stress* e pelo sedentarismo... – Enfatizou, grotesca, a senhora.

– Para termos uma vida sadia, há que cuidar, em primeiro lugar, dos nossos pensamentos, sentimentos e emoções. Só assim o nosso corpo reagirá melhor às adversas circunstâncias da vida. – Salientou Joana.

– O caminho melhor é a abertura das pessoas, umas às outras, é o bom relacionamento, fazer e manter amizades... – Exalando mais uma baforada de charuto. – Só precisava agora de um bom café para este charuto ser mais prolongado... – Continuando a expelir fumo, num assobio bem silvado.

– Sim, as amizades, as verdadeiras amizades, revitalizam-nos. Kant dizia que "a amizade é semelhante a um bom café; uma vez frio, não se aquece sem perder bastante do primeiro sabor". Eu só acrescentaria, mas sem tabaco... – Diz Joana, não conseguindo disfarçar o incómodo. A senhora fica a olhá-la de esguelha, mas fixando-se mais a contemplar o fumo a esvair-se no ar.

– Voltando ao isolamento e à saúde, mas sem fumo, os profissionais de saúde apontam o isolamento como uma das maiores causas de enfermidade, mais de setenta por cento das doenças são de origem psicossomática, doenças que têm a sua origem na mente e que, muitas vezes de forma irreversível, chegando mesmo a ser mortíferas, invadem o corpo. – Manifestou-se Diogo.

– De facto, fugir ao isolamento parece ser a solução ideal. Participar na vida em comunidade, família, grupos recreativos, clubes de serviço, partidos políticos, organizações de caráter comunitário, igrejas, pode constituir uma ótima opção para viver uma vida sadia. – Esclareceu Joana.

A senhora assentiu, meneando a cabeça, e expeliu mais uma longa golfada de fumo, ignorando o incómodo que o mesmo estava a causar no casal.

– Mas o tabaco é terrível! – Suspirou Joana.

– O tabaco. O tabaco. O tabaco! – Referiu a senhora, refinando a pronúncia das sílabas.

– Assim é. O tabaco é terrível para os que fumam e para os que não querem fumar. Por vezes, mais ainda para os que não querem fumar, porque juntam ao asfixiante incómodo de o inalar a irritação de o terem de suportar, passivamente. – Insistiu Joana – Mas... o escritor francês Boileau (1906-1989) também disse que "cada idade tem seus prazeres, seu espírito e seus costumes".

– Não está a querer dizer-me que o prazer de fumar é só para pessoas com a minha idade, pois não? Além disso, nem lhe mostrei o bilhete de identidade – insurgindo-se.

– Não. Não. Nada disso. Infelizmente, cada vez há mais jovens, adolescentes, mesmo crianças, a fumar, na sua grande maioria desconhecendo os mortíferos efeitos do tabaco. É só a questão do tabaco. Desculpe.

– Vamos lá. O prazer também conta. Epicuro até disse que "tu, que não és senhor do teu amanhã, não adies o momento de gozar o prazer possível! Passamos a vida a esperar, e morremos empenhados nessa espera do prazer" – ironizou Diogo.

– Bem, bem, bem. Vocês já estão a ultrapassar as marcas. Que eu saiba, nunca comemos no mesmo prato para que me tratem por tu, nem sou nenhum homem para que me tratem por senhor – vociferando.

– De maneira nenhuma, olha agora! É apenas um pensamento de um filósofo grego, que viveu entre fins de trezentos e quarenta e dois ou princípios de trezentos e quarenta e um, seis ou sete anos depois da morte de Platão, e duzentos e setenta antes de Cristo – esclareceu Diogo.

– Os senhores é que há bocado estavam numa tal sessão de esfreganço, que até asfixiava de vergonha qualquer um!... – Ridicularizando-os.

– E a senhora não desiste! Então, sempre lhe digo que nada é pequeno no amor. Ou seja, tudo é grande, maravilhosamente lindo e belo no amor. Aqueles que esperam por ocasiões muito especiais para demonstrar a sua ternura, não sabem amar – rechaçando, Joana, eloquentemente a observação.

– Oh, jovem! Está a querer dar-me lições de...? – Deixando escapar-se-lhe, num timbre de voz implícito num gesto, uma insinuação depreciativa e nada ética.

– Durante quanto tempo é que nos esteve a observar?! – Inquiriu Diogo, surpreendido.

– Cerca de vinte minutos. E depois? Não podia?

– Mas o carro só agora é que chegou... – observou ele.

– Eu já cá tinha estado, a pé. Deixei o carro lá fora e depois voltei a buscá-lo.

– E diga lá que não se deleitou com o filme! – Exclamou Joana.

– Olhe que eu não tenho paciência para lhe aturar insinuações, hem? Jovenzinha! – Reagiu a senhora, arremessando-lhe uma obscenidade com os dedos.

– Isto é tudo uma questão de cultura – rematou Joana.

– Cultura. Cultura. Se calhar é por isso que andam carregados com esses livros todos – observou, esganiçada, a senhora.

– O escritor americano Russel Lowell (1819-1891) disse que "os livros são as abelhas que levam o pólen duma inteligência à outra" – suavizou Diogo.

– Que raio de respostas. Agora até as abelhas tinham de ser chamadas para aqui – mordaz e infernizando a conversa em voz alta.

– Sabe: não podemos ser incompreensivos nem indiferentes uns para com os outros, porque isso pode-nos ser retribuído com juros, às vezes insuportáveis – declarou Joana.

– Não entendo o que quer dizer. Que diabo de contabilidade ou de sabedoria é essa? – Enfurecendo-se.

– A sabedoria é o que se aprende e o que se é com ela. Mas é, sobretudo, a fruição de um prazer superior na aquisição e utilização, na cultura e na partilha do conhecimento aprofundado em todos os domínios, a começar pela ética no convívio social, erudição, saber ouvir e interagir construtivamente, passando pelos diversos ramos e especialidades do saber, promovendo a intercompreensão humana – ajuntou Diogo, de forma solene.

– Pior ainda! Querem pôr-me doida, seus palhaços, seus palermas? – Rugindo, ameaçadora.

– Não. Tenha calma. De maneira nenhuma. Apenas gostávamos de falar de qualquer coisa que merecesse o interesse de nós os três... e a senhora já nos começa a ofender de forma irreparável. – Aquiesceu Diogo.

– Ah, bom. Já estava a ver. Pronto, está bem. Mas o que me irrita é que parecem estar sempre no gozo. Há pouco, era lá aquele Epicuro de há que séculos. Depois, seguiram-se uns quantos raciocínios... que não entendi népia. Desculpem. Mas quanto ao prazer, este, o de fumar, como outros que graças a Deus tenho, não o guardo para amanhã – procurando serenar o exaspero.

– Mesmo que os outros se sintam incomodados – admoestou Joana.

– Desculpem, mas hoje não é 31 de Maio, o "Dia Mundial sem tabaco". Também não ligo nada a isso. Ou... será que vocês estão aqui mandatados pela Organização Mundial de Saúde?... Pertencem a alguma associação de antitabagismo...? – Observou a senhora visivelmente enfadada e irritada.

– Um outro problema é o facto de ter de haver fumadores passivos, devido ao egoísmo puro dos inveterados fumadores... – insistiu Diogo, agastado.

– Isso é verdade. Desculpem – assentiu a senhora, mas sem apagar o charuto.

– Tenho uma cadeia de supermercados, também vendo estes magníficos e gostosos charutos. Não pensem que estou a pretender fazer alguma propaganda a este produto. Não. Nada disso. Mas não comecei pela mercearia. Tive logo a possibilidade de começar a trabalhar a um alto nível. Fui logo habituada a apreciar o que é bom e que me agrada – informou a senhora.

– Embora eu tenha perfeita consciência de que – continuou – o impacto das grandes mudanças no plano do comércio possam assentar na passagem da mercearia de bairro para o supermercado, do supermercado para a cadeia de supermercados e da cadeia de supermercados para o Wal-Mart, tenho perfeito conhecimento desta evolução, posso afirmá-lo em qualquer sítio que é sempre preferível começar por cima.

Agora toda ela se manifestava afirmava, numa voz melíflua e elegantemente expressiva, com um cuidado complemento paraverbal visível e audível pelo doce e largo gesticular e pela suavidade dos sons do entrechoque das pulseiras de ouro que lhe enfeitavam os braços.

– Jean-Paul Sartre (1905-1980) disse que "é lançando-se no mundo, sofrendo nele, que o homem se define aos poucos". E... nesta medida, então a senhora está a um passo do Wal-Mart... – concluiu Diogo, algo seráfico.

– Quem é esse Sartre agora?! – Perguntou a senhora, gesticulando e deixando estalar o renovado verniz que estava a procurar vestir.

– É um pensador, um escritor, um existencialista – retorquiu ele.

– Existencialista...?

– Sim, um dos mais sublimes pilares da filosofia existencialista do século vinte. – Rematou Joana.

– Já estou farta dos pensadores, dos filósofos, do raio que os parta a todos. Parece que não sabem falar de mais nada. – Enfurecendo-se de novo.

– Outra vez a agredir-nos, minha senhora? – Observou Diogo, agastado.

Joana e Diogo contorceram-se no banco, inibindo-se de continuar a falar, mas expectantes.

– Pronto. Pronto. As minhas desculpas outra vez. Bem... já me estava a afastar da razão que me trouxe aqui. Embora a informação seja uma autêntica revolução, em muitas circunstâncias podemos prescindir da colaboração dos nossos semelhantes, mas em Portugal ainda não. Afinal, têm uma ideia onde poderão estar as crianças? – Perguntou, altiva, a senhora – Ainda não me disseram aonde estão, concretamente.

– Revolução da informação é revolução do conhecimento. – Informou Diogo.

– Sim. Se não fossem os computadores!... – Atalhou a senhora a desdenhar.

– Se não fosse o conhecimento humano a criá-los, nos princípios da década de 40 do século XX. Era o que a senhora queria dizer. É tão simples quanto isto. Como sabe, o *software* não é mais do que a reorganização do trabalho tradicional, baseado em séculos de experiência, por meio da aplicação do conhecimento e, sobretudo, da análise lógica e sistemática. Não é propriamente a eletrónica que faz a revolução da informação, mas a ciência que a inventa, salvo alguma redundância. – Asseverou ele.

– Não tenho paciência para discutir isso. A minha preocupação agora não é essa. O que eu quero saber é aonde eles estão. Foi para ver o meu afilhado que vim aqui. – Despachou a senhora, ciente e irritada por não aguentar o diálogo que prometia ir longe no plano do desenvolvimento cognitivo, científico e tecnológico, que Diogo e Joana, animados pelo êxito do seu saber, encetaram.

– Nós não conhecemos bem a zona, mas pensamos que deverão estar muito perto. – Disse Joana.

– Uma escola destas e ninguém que informe. Nem sequer um professor. Bem, agora já ninguém quer ser professor – concluiu a senhora, já num ar acirrado.

– E há tantos no desemprego – declarou Diogo.

– Não me diga que há professores a mais...?

– O que falta é a generosa vontade e capacidade para promover a necessária autoestima, autoimagem, autoconceito e autoconfiança nos outros, sobretudo nos mais pequenos, carenciados e indefesos – suspirou Diogo, olhando-a de soslaio.

– Não precisa olhar-me de esguelha. Não tenho nada a ver com isso e nem sequer tenho medo – expirando, paulatinamente, o fumo do charuto.

– Há muita pedagogia inaproveitada, *know-how* de sobra por implementar, ineficácia no processo de gestão dos saberes. – Sustentou Diogo.

– Desculpe, mas eu tenho uma empresa, sou gestora da minha empresa e considero-me uma gestora ao mais alto nível. – Retrucando, altivamente.

– Sim. Disso já nós nos apercebemos. A senhora sabe o que significa pedagogia, provavelmente até sabe o que significa andragogia, e também, pelo que nos diz, o que representa gerir saberes... – acrescentou Joana.

– Não. Não sei. É você que me vai agora ensinar. – Impacientando-se mais ainda.

– Onde é que a senhora tem a gestão da sua tolerância para esclarecer e aguentar os seus clientes lá na sua grande empresa? Se calhar também não sabe o que significa isso... – Vociferou Diogo, denunciando também já deficit de paciência.

Porém, arrependendo-se de imediato da exasperação momentânea, Diogo modificou por completo o seu semblante, sorrindo.

– Porque é que está a rir, posso saber? – Perguntou a senhora, possessa.

– Desculpe. Não estou a rir. Estou a sorrir. Lembrei-me daquele provérbio japonês que nos adverte de que "quem sorri em vez de vociferar será sempre o mais forte".

– O quê? Quer andar à porrada comigo? – Levantando-se hirta de cólera.

– Tenha calma, minha senhora. Tenha calma. Essa não é a minha língua. Sente-se, por favor. Estamos apenas a falar de autodomínio. O sentido é de que nos devemos relacionar uns com os outros o mais possível em concórdia e harmonia. – Atestou ele, imprimindo convicção nas palavras.

– Sente-se, por favor – aquiesceu Joana.

– Está bem. Pronto. Desculpem lá mais uma vez. É que estou um pouco enervada da... da viagem. Desculpem. – Tornando a sentar-se no outro banco de ferro em ângulo reto com o ocupado pelo casal.

Pequenos bandos de pombos sobrevoavam, também as muitas andorinhas, o espaço onde os três já desconversavam. E eis que, depressa, o verniz se quebra de vez.

– Olha que merda esta agora! O ca! ca! cabrão do pombo tinha de me cagar em cima neste momento. Já viram isto? E agora como é que eu vou tirar esta pasta do cabelo? – Esbracejando a senhora, efetivamente exasperada.

Diogo e Joana mordiam rigidamente os lábios de riso, não só pelo volumoso e alastrante presente do pombo como pelas inesperadas imprecações proferidas.

– Não tem um espelho que me empreste? – Dirigindo-se a Joana.

– Não é preciso. O que precisa é de lavar imediatamente o cabelo.

– Olha que puta de resposta! Isso sei-o eu muito bem, hen?... – Vituperou de novo, dando meia volta.

– E não me diga que também não sabe aonde fica a porra de uma casa de banho? – Insistiu a senhora.

– Entre no edifício e vê-las-á logo. Há muitas. – Informou Diogo, a estalar de riso.

Esbaforida, a senhora elevou os olhos como que à procura da origem do estranho líquido quente e nauseabundo que, de repente, lhe começou a cair na cabeça. Abrindo a boca inspirante de atónita e indagação, engoliu o líquido involuntariamente. Balbuciou, gurjeante, palavras impercetíveis. Era uma criança que resolvera aliviar a bexiga através da varanda do seu quarto, sendo, por incrível acaso, a boca da senhora o bacio ocasional.

— Fffffo... pooorrra! Era mesmo o que me faltava agora! A merda do puto tinha de me mijar para cima também. Até mijo já bebi. Já não bastava o filha da puta do pombo! — Lamentando-se, numa ira desconcertada e desconcertante.

— Mas que maravilha! Abençoada criança. É para lhe lavar os... quer dizer... a cabeça. Aquela torneirinha abriu-se mesmo a propósito. — Advertiu Diogo, num gargalhar sarcástico.

— Cornos tens tu, meu cabrão! — Redarguiu ela, a espumar de fúria.

— Olha a filha da... hem? Tu já viste o que nos tinha de calhar pela proa hoje? — Questionou Diogo, fixando Joana.

— Puta é a vaca que te pariu, a vaca da tua mãe. — Grasnando e arremessando-lhe, com as duas mãos, a correspondente obscenidade não-verbal.

— Vá-se lavar, o ruge já está suficientemente adubado. — Ordenou-lhe Diogo a gargalhar.

— Vai-te... vai-te... vai-te... — Berrou-lhe ela, imperativa e numa voz retumbante, simulando o verbo sem pronunciá-lo, mas que as mãos bem incisivamente o pareciam gritar.

— Deixa a mulher, Diogo. — Pediu Joana, perturbada pelo repentino desavir e inesperado indecoro vocabular e gestual da senhora.

— Vê lá bem com quem é que pensas que estás a falar, ó vaca assistente! — Acenou a senhora a Joana.

— Ha-ha-ha, vejam só isto! — Lamentando-se Joana.

— Ha-ha-ha, uma merda, grande vaca! — Berrou-lhe a senhora.

— Diogo, vamo-nos embora daqui. — Suplicou Joana, desapontada com o desfecho da conversa.

— Vai, vai, minha puta, senão ainda te parto os cornos. — Bramindo-lhe, de braços no ar, faltando-lhe dedos para exprimir mais amplamente as obscenidades que evidenciava.

Diogo pegou Joana por um braço, esgueirando-se do local.

— Fazem uma linda junta. Uma vaca e um boi! Desapareçam!!!

Diogo virou-se bruscamente e correu para ela a passos largos e velozes, pronto a desferir-lhe um potente murro. Mas ela foi mais veloz, meteu-se na sua carrinha branca e arrancou a alta velocidade, grunhindo-lhe através do vidro semiaberto:

— Vê se me apanhas, grande cornudo. Tu e a vaca que está contigo.

— Vai cagar longe. — Gritou-lhe Diogo, descorando o seu vocabulário habitualmente cuidado.

— Vai tu, e traz a amostra nos dentes para a tua vaca provar.

— Não pertencemos à tua corja. — Retorquiu ele.

— Vai, vai, grande boi. Vai para o inferno. E que a tua vaca te ponha os maiores cornos do mundo — acelerando aos solavancos na estrada e quase mergulhando na barragem, invetivando-os a amplos pulmões.

— Vai, vai tomar banho, veneno embosteado. Afoga lá essa vacal intolerância aí na barragem. Bem precisas. Vai lá para dentro. — Gritando-lhe Diogo, exasperado.

— Masturba bem esses cornos com palavras caras, grande cabrão, grande filho da puta — berrando-lhe ainda, esganiçada, e desaparecendo no horizonte visual.

— Parecia um luarzinho que emergia sob os nossos olhos... — balbuciou Diogo.

— Que bem depressa se lhe partiu o verniz — completou Joana, num ar assombrado.

– Um falso luar de verniz – declarou ele.

– Sempre nos aguarda cada surpresa, minha querida. Eu já ia de cabeça perdida. Dava-lhe um soco que a deixava ali estendida. Ainda bem que aquele diabo vestido de gente fugiu. De contrário, estava arruinado a esta hora.

Diogo puxou docemente Joana para si, olhou longe na direção em que desapareceu a intrusa e declamou:

Parcimónia de verniz

Sempre quebra facilmente,

Quando ideias são de giz

E sem cores nem semente.

Com semblante de cariz

Inefável mas ausente

Sublimando um chafariz

Que amordaça toda a mente,

A pessoa de verniz

Põe sabor e voz decente

No que faz e no que diz

Mas estala de repente.

Joana abraçou-o e beijou-o, calorosamente.

– São desajustes culturais e desequilíbrios emocionais, meu querido.

Cultura, consciência e utopia

Na mente de quem chora a sensação,

Nas fontes e nas asas da alegria:

Será sempre insensível à razão

Aquele que a não tem no coração.

– Que alcance! Aqui como que nos deixamos inundar por figuras de índole diversa e com outra estilística. – Disse Diogo, passando-lhe outro poema. – Lê este. Está na linha do teu, embora o teu se enquadre mais como corolário do meu.

– É preferível leres tu agora. A tua voz enfatiza melhor do que a minha. – Sugeriu ela.

– Está bem. Vou tentar declamá-lo:

São bátegas de mel fino

Com pássaros na cabeça,

São árvores sem caminho

A rir no sal da tristeza:

São dádivas sem carinho

e pétalas sem destino.

São farsas que vestem linho

Com flores cor da pureza,

São sonhos com ar de sino

Que guardam no som vileza:

Recalques dum mar felino

Que beija marés sem tino.

São cátedras no intestino

De bússolas sem firmeza,

São pérolas em supino

Com lágrimas sobre a mesa:

Um beijo de azul-marinho

Com néctar de rosmaninho.

São balas com cheiro a pinho

Vestidas de azul turquesa,

São máscaras do ensino

Fantasmas da mente presa:

Carácter do mais sovino

Que faz do seu mal o ninho.

– Gosto francamente, amor! Nem a propósito. Mas ela já se foi... e nós agora deliciamo-nos com o que as conjeturas da nossa imaginação, felizmente fértil, nos refresca.

– A vida adverte-nos sempre nos luares do sonho – salientou Diogo.

– Nunca há rosas sem espinhos – completou Joana.

– Pois não.

– Temos de viver e sofrer as rosas e os espinhos – continuou ela.

– Carlosqueirozmente, "por dentro das coisas é que as coisas são" – acrescentou Diogo.

– "Só se vê bem com o coração. O essencial é invisível para os olhos". Disse o escritor e filósofo aviador Saint-Exupéry (1900-1944). – Asseverou Joana.

– Sim. A máscara pode significar defesa. Pode, até, proteger beleza incólume. – Retemperou Diogo, a desdenhar.

– Segundo uma velha máxima atribuída a Confúcio (551-479 a.C.), "nada, mas nada do que acontece connosco tem metade da importância que nós lhe atribuímos à primeira vista". – Adiantou Joana.

– Sim... de facto... devemos sempre repensar tudo o que nos acontece. Mas sem ser a quente. Confúcio também alertou que, "se vires um homem bom, pensa em ser como ele; se vires um homem mau, examina o teu coração".

O fictício luar vestido do inebriante verniz como que dissipava os híbridos sentires, saberes, conviveres, interações, subliminando palavras nos espelhos da vida, mas, paradoxalmente, policromizando sonhos nas intempéries humanas, sorvendo os alvores do majestoso encanto da natureza que envolve a sublime e vivificante beleza do amor e das palavras e ações que bem o materializam. A vida acolhe e aconchega-se no luar e no verniz. Sem luar e sem verniz, sucumbe-se. O luar tem sempre o seu verniz, assim como o verniz enunciará sempre o seu luar.

Diogo, Joana e Simão chegam os três à estação de caminhos-de-ferro de "Alcofera", o topónimo que é mais usado pelos idosos serranos em vez de Albufeira. É meio-dia e meia. Sentam-se numa esplanada de café junto à estação, movimentada e com um expositor de jornais e revistas para venda. Procuram ocupar-se, de qualquer forma, enquanto esperam, espreitando, inclusive, os matutinos e passando os olhos pelas gordas. Diogo fica mais atento à morfologia humana, sobretudo a feminina, que vem ao café, que sai, que passa, na miscelânea do todo no espectro do momento, mas antecipando e saboreando a expectativa que levara os três até àquele lugar.

— Estás a pensar o quê, papá?

— O papá, agora, estava a embrulhar-se nas nuvens... — intercede Joana a sorrir, carinhosamente, mas admirando a sua disfarçada concentração nas senhoras que se abeiravam dos escaparates dos jornais e revistas e que iam passando, cobertas com o mínimo de roupa, devido ao imenso calor que fazia.

— Eu estava a pensar também, curiosamente, em John Naisbitt, autor norte-americano, nascido em 15 de Janeiro de 1929 em Salt Lake City, no Utah. Ele diz que o futuro é agora e que "a forma mais segura de antecipar o futuro é compreender o presente". Mas tenho também a minha opinião. O passado está vivo ou adormecido nas nossas memórias, o futuro está presente nos nossos desejos e no nosso trabalho de intervenção precoce no desenvolvimento humano e no progresso.

– Eh lá! E então...? – Indaga Joana, procurando, ao mesmo tempo, mobilizar a atenção do "rebento" mais novo.

Diogo vacila um pouco, mas assente num sorriso compreensivo.

– Vocês sabem. Gosto disto. Quero dizer, gosto de observar e de interagir na minha utensilagem cognitiva. Sinto, pressinto, perscruto, observo e interpreto durante o tempo que tenho mais disponível, agora nesta cerca de uma hora de espera, neste dia 23 de agosto de 2007, até que o "futuro" se junte e se manifeste na perspetiva do sonho que o provoca e o pretende encaminhar.

– Eh, papá! Não percebo nada... – declara Simão, num ar semiaturdido.

– O papá é sempre muito profundo nas suas observações. Por vezes também propositadamente dinamizador e complexo na sua forma pedagógica de argumentar. – Acrescenta Joana, num ar convicto e de agrado.

– Os professores universitários falam todos assim? – Pergunta Simão, interessadamente.

– Cada um de nós, Simão, tem uma maneira própria de falar das coisas e do que sabe sobre elas. – Esclarece Diogo, mimando-lhe a face esquerda com a mão direita.

– Mas já agora, – prossegue Diogo – deixem que vos diga que dava um bom livro, o refletir e escrever sobre os quadros que nos surpreendem num qualquer compasso de espera, como este; a imaginação pululante, a poisar em particularismos que ocorrem em cada momento ou dia que passa, no tumulto de realidades visíveis e audíveis, odoríferas e tangíveis, gustativas, observáveis pela mais ampla dimensão sensorial e cognitiva;

a imaginação a cirandar e a multiplicar-se nos sons e cores, nos movimentos e formas, nos mais diversos acontecimentos e situações, na heterogeneidade do quotidiano... no infindável...

Simão soltou uma gargalhada estridente e desconcertada, como se fruísse uma anedota que lhe estava a ser contada, ou como se tivesse sido atacado por cócegas. Diogo e Joana, surpreendidos com a gargalhada, contiveram-se, expectantes.

— À medida que ias falando, com muitas palavras que eu não sei o que querem dizer, fui imaginando e pintando quadros na minha cabeça, com formas e cores que chamam a atenção das pessoas, coisas fantásticas e coisas parvas, muitas delas sem jeito, percebes? Os quadros falavam e brincavam connosco, nadavam e mergulhavam na piscina, jogavam à bola e faziam tantas acrobacias e diziam tantas asneiras...! Por isso é que me deu também uma vontade parva de rir...

— O papá gosta de espevitar a imaginação das pessoas. E mais ainda a dos filhos. — Conclui Joana.

Divertidos, ficam os três divididos, nas suas atenções, por tudo o que se passa em seu redor e na estação. Um idoso introspetivo, sentado num banco da gare da estação, espera o comboio que o levará a "Ussonoba", o étimo que originou o atual topónimo Faro. Ostenta uma incontrolável ciosidade de diálogo. Mas esconde tristeza no rosto, nas palavras, na postura. Puxa conversa na primeira oportunidade que espreita; mete conversa com todos os que se sentam ao seu lado e esperam pelo comboio. Diz que vai ter com o seu filho a "Ussonoba". Fala a despropósito de coisas desconexas, descontextualizadas no âmbito e circunstâncias do dizer algo só para suavizar o tempo de espera. Fala das quatrocentas e muitas espécies de andorinhas que todos os anos chegam, que se multiplicam e que depois vão embora, para voltar no ano seguinte. Aponta para um dedo que lhe dói. Refere alguém que caiu de costas e morreu... Como o menino Simão se sentara ao seu lado por uns instantes, atraído e curioso pelo que ouvia e observava no senhor de idade a falar, tenta envolvê-lo na sua conversa, que mais era um monólogo.

– O senhor queria falar mais comigo – disse o rebento aos pais, depois de se ter levantado do lado do idoso, e passeando-se um pouco.

– O senhor aparenta viver numa solidão incrível e precisa de quem lhe dê atenção. – Justifica Joana. O "rebento", em silêncio, emitiu um gesto de assentimento.

O som de uma garrafa de vidro que cai. Está vazia; saltita pelo chão e não se parte. Mais e mais sonoridades, aqui e ali, que se misturam e confundem nos ruídos deste fim de manhã. Ocasionais barulhos de automóvel e de vozearias difusas espevitam a atenção dos transeuntes; animam a vida. Um jornal que Joana folheia. Tem um cheiro a petróleo, associando-nos a uma espécie de força motriz do "desporto rei" a que alude o periódico. Um artigo de revista que intranquiliza o leitor. Um comboio que chega, para e faz amenizar momentaneamente os diálogos dispersos; diálogos que só servem para matar o tempo em fugazes e sucessivos cumprimentos; vozes que cortam as sinergias descontínuas que se entrecruzam aqui e acolá...

Uma gargalhada no broá do movimento mesclado de urbano e de rural. Um repentino e terrífico grito do silêncio assombra os três mais atentos, que os imobiliza, por uns instantes, de respiração suspensa! Era um homem cego que caminhava acelerado, de frente para o comboio, tentando apanhá-lo, mas desconhecendo que o mesmo já tinha o sinal do chefe da estação para partir. A pessoa cega orientava-se pela berma do lancil da gare, seguindo-a com a ponta da bengala. Havia um rasgo na berma com cerca de vinte centímetros de largura e uma profundidade à volta de dez centímetros, irregularidade que escapara, na sua exata proporção, ao deslisar da bengala, iludindo a pessoa cega na sua deteção e fazendo-a precipitar para a linha, ao mesmo tempo que o comboio apitava e acionava o motor para iniciar a marcha. Gelaram os três ante o facto. Só, para além deles, o maquinista se apercebeu de que alguém caíra na linha. O senhor levantou-se e saiu celeremente da linha, apavorado. O maquinista reteve a partida, ouvindo-se o férreo chiar brusco dos travões, e quis certificar-se de que ele estava refeito, perguntando-lhe, a gritar também de susto, se estava bem. O senhor respondeu que sim, mas que pretendia apanhar o comboio.

— Pode avançar à vontade. — Indicou o maquinista — Tem uma porta aberta. Eu espero. Ia-o matando, homem!

— Apareceu-me ali aquela reentrância inesperada no rebordo... Mas já está tudo bem. — Justificou-se o senhor, reticente mas certo de que o perigo já passara, como que esboçando para a sua direita, na direção de Diogo, um okey de tranquilidade e de obrigado pela atenção.

Diogo, na verdade, já estava ao lado do senhor quando este se levantou, mas não foi preciso intervir com nenhuma ajuda. Diogo manteve-se sempre, no entanto, num alerta sereno e discreto. O senhor entrou, a porta fechou-se e o comboio partiu. Os ânimos dos três como que se regularizaram na suavidade de espírito a que o alívio do susto os reconduzira.

— Não disseste uma única palavra ao senhor, papá, porquê? — Questiona Simão.

— O senhor não precisava de ajuda. — Responde Diogo.

— O que é curioso, é que o papá estava a protegê-lo sem ninguém se aperceber disso. Só quem o conhece bem... — Adiantou Joana.

— Também vi isso... parecias uma pessoa fria... tu não és assim...? — Indaga Simão.

— Cada um de nós tem uma reação diferente do outro face a determinados tipos de ajuda oferecida em certas circunstâncias. Principalmente quando, por qualquer razão, sentimos necessidade de nos afirmar nas nossas capacidades. O senhor estava perfeitamente localizado, movimentava-se com toda a segurança, e de forma excelente, precisa, tinha uma orientação e uma mobilidade impressionantes, como viram. — Tenta esclarecer Diogo.

– Mas reparaste que o senhor, se pudesse ver o papá, certamente que lhe sorriria em forma de agradecimento, apercebendo-se da sua discreta atenção.

– E o senhor também se apercebeu de que alguém o ajudaria se, entretanto, fosse preciso, se vacilasse na sua determinação... – acrescentou Diogo.

– Podias ter-lhe perguntado se estava bem...? – Insistiu o rebento, ainda algo reticente e insatisfeito.

– O maquinista já se me tinha antecipado e o senhor já havia dado a resposta. Era uma insistência pouco inteligente e extemporânea. – Esclareceu Diogo.

– Tens razão – assentiu o "rebento".

Na estridência de algazarras indefinidas... Uma voz feminina que se ouve a cumprimentar alguém e que passa, num passo estugado; uma linda mulher, com aliança, numa vivacidade discreta, de aparente tranquilidade e ciente do interesse que desperta, configurando um ar de "painel solar" volante; sensualona apetecível. Veste um semblante ligeiro e um olhar furtivo, arrebatador e irresistível. À sua passagem, vai deixando para trás paspalhões embasbacados e de olhos comilões arregalados. Esgueira-se nos passos timbrados e apelativos que deixam adivinhar volúpia e determinação, e que se extinguem com ela no horizonte.

– Olá Diogo! Ficaste cá, ou foste com ela?! – Graceja Joana, mordiscando os lábios.

– Bem! Bem! Mas... se, em consciência, não faço mal a ninguém, porque é que estas situações me assaltam...?! – Responde Diogo, recompondo-se num ar brincalhão e, na sua peculiar subtileza, a desligar-se do assunto.

– Era bonita... – diz o "rebento".

– Mas a mamã é muito mais! – Atalha Diogo, engolindo rapidamente uma garrafa de água, das mais pequenas.

– Está fria. Cai bem neste dia quente. Hááháhá! 30 graus...! – Diz Diogo, dessedentando-se e sibilando satisfação.

Entreolharam-se os três, a sorrir e divertidos com o imediato corolário de recurso encontrado por Diogo.

A proximidade da praia sugere um visual e um comportamento carate-rísticos, mocetonas que se indumentam de vestimenta para uns obscena e dissoluta, para outros disfarçando ímpetos censórios, delícia luxurienta e incitamento a exercícios de prazer, para outros, ainda, já sem valor infor-mativo, naturalidade.

– É uma época em que as pessoas, sobretudo as mulheres, parecem demasiado despidas, para cobiça dos homens. – Observa Joana.

– Sim, – intervém Diogo – o mar é uma espécie de refúgio intensificante de bem-estar e estímulo do bom humor, provocante, nas suas revoltas ondas, de renovação e esperança, autoridade e tolerância, emoção e soli-dariedade, imaginação e vida.

– Boa resposta! Falámos disso há meses, enquanto passeávamos no pa-redão da Costa da Caparica, Caparica, termo que resultara de "capa rica", a capa de um homem que a engrossara com muitas moedas, alinhando-as e cosendo-as ao longo da capa. – Comenta Joana.

– Lembro-me, foi em abril, no dia 21 à tarde... – confirma Diogo.

– Vocês sabem tantas coisas... – Constata Simão, admirado. Diogo e Joana abraçam-no, mimando-o.

Um pensamento que chega; outro que parte; uma sensação de alguma curiosidade; de descanso na ausência de compromissos; no perscrutar sem esforço ao redor. Também a sensação de fruir o tempo com tempo. Uma sensação que se esvai na diversidade do contexto social; uma sombra que voa num vaivém sem lugar fixo... Uma voz masculina que arrasta consi-go o som do cigarro, o rouco das cordas vocais, o silvar do alcatrão nos brônquios e pulmões, brônquios e pulmões insuflados de morte...

– O senhor fala de cigarro na boca e está sempre a tossir. Fala rouco...
– observa o "rebento".

– As pessoas sabem que o tabaco mata. – Afirma Joana.

– Essa informação até vem expressa nos maços de tabaco. – Acrescenta
Diogo.

– Então, continuam a fumar, matam-se, são burros. – Conclui Simão.

– Pois são. – Atestam Diogo e Joana quase em uníssono.

Os sons do mundo da vida, as cores, os trajes, os odores da época. Uma
realidade que nos transporta no perfume do sol atrevido, do sol inci-
dente no vacilante azul do mar, nos aromas dos tempos, nas fragrâncias
de gargalhadas esporádicas, por vezes esganiçadas, que se perdem no ar...
O balbuciar do nada que se passeia por aí. As somas de trivialidades que
nos inundam os tímpanos, perspetivam apenas a fuga, a fuga propositada
às obrigações, às recordações que castigam, às lembranças que com-
prometem, os sons de preocupações camufladas, camufladas na fuga
permanente, adormecidas nos bares e discotecas, hibernadas nuns copos,
como que se procura inventar o prazer de permanecer em sonhos vazios,
num limbo do "logo se vê"...

Outro comboio que chega. Chega pachorrento. Traz alegria lá dentro.
No pensamento de Diogo e de Joana paira a certeza de que lá dentro
vem mais uma extensão sua, o prolongamento do seu futuro, do futuro
de ambos. O comboio para e aquele futuro põe um pé de fora. O outro
futuro que espera, também repleto de alegria, aproxima-se da porta do
comboio, já aberta. Num ápice, os dois futuros abraçam-se efusivamente.
Diogo e Joana, passado e presente, olham discretamente o futuro numa
dupla aceção; expetantes e ansiosos, aguardando a sua vez para se juntarem
aos dois "rebentos", o Simão e o Rodrigo, o seu Futuro.

Depressa se juntam; depressa integram os dois futuros, o futuro que
geraram e que os vai continuar, quando cada um encontrar a sua metade
e surgirem saudáveis "rebentos" da sua fecundidade. O futuro que os per-

petuará na história e no crescimento da dignidade e dos grandes valores humanos. O futuro que diligente e persistentemente, com ternura e amor, preparam para condignamente os eternizar nos tempos, como livros e fontes de conhecimento e de dignidade.

– Já estamos juntos, Simão e Rodrigo. – Dizem Diogo e Joana ao mesmo tempo, exultantes e em voz baixa e terna, abraçando os dois "rebentos", Rodrigo e Simão.

– Vamos almoçar por aqui. Vamos descobrir um restaurante simpático aqui perto... – Declara Diogo, na forma de sugestão.

– Estamos todos cheios de fome! – Assente Joana.

– E eu tenho cá uma fome! – Exclama Rodrigo.

– E eu! – Reforça Simão.

– No Café Central, dizem que se come bem. – Adverte Diogo, num jeito de proposta irrecusável. Todos concordaram, dirigiram-se ao carro, entraram e seguiram de imediato para lá. Diogo já se havia certificado previamente do local, tendo o trajeto sido rápido e o estacionamento também. Aí chegados, procuraram o Café Central, entraram e escolheram uma mesa bem posicionada face à televisão, consultam a lista e optam por febras de porco grelhadas com batatas fritas e ovo estrelado, para os "rebentos", era decididamente o que estes queriam, ninguém conseguindo dissuadi-los da carne em favor do peixe, e salmão grelhado para Joana e Diogo. Um excelente vinho tinto da casa para Diogo, coca-cola para Rodrigo, do que também não abdicou, e água para os restantes. Tudo em ponto grande e delicioso. Até houve tempo e condições acústicas para, entre gracejos e conversas anedóticas (evidências de boa disposição), se falar de coisas sérias, designadamente de memórias, trabalho e ocupações que dão vida, que garantem sustentabilidade, livros...

– Cada um de nós é um livro. – Afirma Joana, a dado passo.

– Se não existissem os livros nunca saberíamos nada dos nossos ante-passados... – Declara Simão.

– Sim, e se não existissem os monumentos, os mais diversos, e outras manifestações com que o homem foi marcando a sua passagem pelo mundo, próprios de cada época e das sucessivas gerações, que também são autênticos e valiosos testemunhos para conhecermos as nossas mais ancestrais origens... – Acrescenta Diogo.

– Podemos saber a história do mundo nos livros, nos monumentos, mesmo nas pinturas rupestres e em tudo o que tem significado e que o homem consegue entender. – Adianta Rodrigo.

– As memórias são vida. Por isso é que cada um de nós tem de deixar assinalada a sua passagem por aqui. Por isso é que cada um de nós é um livro que tem de ficar escrito. – Precisa Joana.

– Mas o computador também tem memória... – Intervém Simão, o qual se tem mantido visivelmente atento ao desenrolar da conversa.

– Pois tem. É por analogia com a tua. – Diz com determinação Rodrigo.

– Com a do homem! – Clarifica de imediato Simão, num tom de precisão.

– Claro, esperteza! E tu és um homem. – Esclarece Rodrigo, a enfrentá-lo.

Diogo e Joana sentem que é conveniente pôr um pouco mais de ordem na conversa a quatro e no conceito de memória. E Diogo não perde a oportunidade de esclarecer.

– Mas, quanto ao conceito que temos de memória, talvez valha a pena seguirmos este raciocínio que, de resto, já o escrevi algures e que venho defendendo há algum tempo. Memória, em biologia e em psicologia, é a faculdade que possuímos para reter experiências vividas, bem como a capacidade para as recordar. No domínio da informática, entendemos por memória a capacidade de dados disponíveis num determinado momento, que um *software* e um *hardware* podem registar, gravar e restituir.

– É a questão da *ROM*! – Atalha Simão, que já estuda as Tecnologias da Informação e da Comunicação, mais conhecidas pela sigla TIC.

– E da *RAM*! – Assevera Rodrigo, que, até, já fez um curso de TIC numa empresa de formação bem conceituada.

– É isso mesmo. – Concorda Diogo, olhando para os três, continuando a sua explicação e amenizando, num ar subtil e pedagógico, alguma ligeireza de expressividade nas altercações entre os filhos, acompanhado pelo ar igualmente inteligente, doce e irrepreensível de Joana – Neste caso, distingue-se *ROM* (memória só para leitura, também designada memória morta), aquela que não pode ser apagada nem modificada, e *RAM* (memória de acesso aleatório ou memória viva), aquela que pode ser apagada ou modificada. Se quisermos, em relação ao tipo de memória humana a que estávamos a aludir, estabelecer uma certa analogia com a memória dos computadores, podemos dizer que a memória *ROM* guarda registos de variadíssima natureza, que os tempos e a história transportam nos nobres lugares dos signos, que podemos entender como sendo os livros, a imprensa escrita e/ou digital. A memória *RAM* é constituída pelos novos tempos com vontades e determinações alicerçadas nas conveniências do presente.

– Muito bem! Estou a adorar este diálogo, esta conversa, estes brilhantes discursos. Falam e sugerem bem, os nossos filhotes. – Atalha Joana, feliz, como que abraçando os três num olhar envolvente e meigo.

– E se me permitem dar mais uma pequena achega, – aproveita a aberta Joana – sinto que são as memórias que nos fazem ter pensamentos, são os pensamentos que nos fazem ter ideias, são as ideias que nos fazem ter criatividade e é a criatividade que nos faz imaginar, produzir ou inventar o futuro.

Todos se manifestaram, maravilhados numa entusiástica salva de palmas! Joana também se associou à manifestação, pousando os talheres no prato e batendo palmas num ritmo mais acelerado e quase inaudível, divertida, num simulado jeito misto de brincadeira e credulidade.

– Pensas bem, mamã! – Declara Rodrigo.

– Falas muito bem, mamã! – Enfatiza Simão.

Diogo, visivelmente feliz ante a séria e agradável cavaqueira durante o almoço, deixa deslisar duas lágrimas espessas e teimosas pela face, num sorriso embevecido e olhar amplo para os filhos e para a esposa.

– Então...! Então...! Então?! – Inquerem os três em uníssono, como se tivessem previamente ensaiado a pergunta em conjunto.

– Já passou... desculpem. – Retempera-se Diogo – A felicidade também nos assalta assim.

– Alguma memória "ROM", papá? – Questiona Simão.

– Se calhar, uma mistura de "ROM" e "RAM"?... – Admite, repentinamente, Rodrigo, fixando o pai.

– A memória pode ser o resultado da soma coevolutiva das coisas boas e das coisas más que, desde a nossa gestação e ao longo da nossa vida, vamos registando e incorporando no nosso processo sociocognitivo de memorização, de crescimento e de formação humana. Cada um de nós é sempre um resultado de memórias. – Acentua Diogo.

– Memórias que somos ou que vivemos, que nos acontecem, a que acedemos e que nos transformam... – Continua Joana.

– Sim, são as memórias que influenciam e ajudam a promover o nosso desenvolvimento biopsicossocial e humano, são elas que nos conferem a nossa identidade... – Prossegue Diogo.

– Quer isso dizer... papá? – Pergunta Simão, um pouco confuso.

– Isso quer dizer que colocamos ou armazenamos as memórias, de forma viva ou ténue, na nossa consciência e no nosso imaginário, às quais podemos recorrer como fonte de esquecimento, para sobrevivermos, ou como fonte de vitalidade, para igualmente sobrevivermos. – Apressa-se Joana a esclarecer.

– Eh, mamã! Já pareces o papá... com essa maneira de falar das coisas... – Intervém Rodrigo, num tom reticente e questionante.

– Isso quer dizer, filhotes, – reforça Diogo – que as memórias integram e fortalecem a nossa intelecção ao longo do tempo da nossa esperança de vida e sobre os tempos, desde a mais remota ancestralidade. Em suma, as memórias acabam por constituir, ou seja, acabam por se tornar na consciência de tudo o que nos é dado conhecer ou saber, inserida no tempo e na imaginação, na nossa capacidade e competência para gerir e utilizar esse vertiginoso somatório de coisas boas e de coisas menos boas ou más, incontornável no seu imparável processo de crescimento, que vamos inteligindo e acumulando para combater esquecimentos ou a vivificação do que nos pode martirizar ou alegrar...

– Ou seja, por um lado, tentando esquecer o que, de algum modo, nos pode fazer sofrer, procurando por isso esquecer, mas que, não obstante e de forma absolutamente alheia à nossa vontade, nunca deixa de integrar a formação da nossa identidade. E, por outro lado, persistindo na tal vivificação das lembranças bonitas que, como o papá costuma dizer, nos reconfortam, nos retemperam, nos revitalizam. – Remata Joana.

Irrompem em mais uma expressiva ovação a Joana, num aplauso de palminhas e sorrisos. Outras duas lágrimas teimosas voltam a surpreender Diogo, escorregando-lhe uma em cada face. Ficam os três um pouco embaraçados, expectantes a olhar para Diogo.

– O que vocês os três me têm estado a fazer ocorrer... – Recompondo-se e reconfortando-se Diogo – é que temos todos de pugnar e trabalhar para que as sinergias sociocomunicacionais da paz e da justiça, da harmonia e da tolerância, é melhor dizer da aceitação mútua, da prudência e da alegria, da generosidade e da competência, da solidariedade e da partilha, persistam invencíveis no empenho do amor e da esperança na universalização da equidade e dignificação dos grandes valores humanos, para irmos semeando e cultivando a sublime intercompreensão nos entendimentos e consensos, na investigação e desenvolvimento, no progresso e bem-estar sociais no mundo, encontrando a significação e a legitimação do sentido da vida na proficuidade e futuro dos tempos!

– Muito bem, papá! – Manifestam-se os três, exultantes, num aplauso vivo de palmas alegremente batidas.

– A nossa conversa parece um concerto de piano e violino... – Diz Simão.

– Queres dizer que O papá é o piano e a mamã é o violino... – Iintervém Rodrigo, querendo saber quem são os nobres instrumentos.

– Olha que coisa linda! Mas acho que esse brilhante concerto... são vocês que o estão a fazer para nós! – Procura corrigir Joana.

– Sim, a mamã parece que tem toda a razão! O Rodrigo estuda piano e o Simão violino... logo, estamos a assistir a um grande concerto de violino e piano da dupla Simão-Rodrigo!

Rodrigo e Simão riem-se alto e, não tendo à mão os aludidos instrumentos, simulam a dupla, exibindo num gesto mecânico a execução do violino, com o arco, e do piano, deslisando os dedos pelas teclas.

– Vejam só que, sem pensar nesta bela oportunidade, ou... nesta bela sinfonia, fiz há dias umas quintilhas, pensadas como minhas e da mamã para vocês, que não vou conseguir resistir a não dizê-las.

– Diz, diz, diz lá, papá, – pede Simão, secundado nos gestos igualmente imperativos de Rodrigo e Joana.

– Cá vão então as quatro quintilhas, que refletem as doces temperamentalidade e irrequietude relacionais do Rodrigo e do Simão, também do brilho da sua felicidade e primaveras lindas, que nos maravilham.

Temperamentalidade

Causa às vezes alguns danos,

Mas é personalidade

Que vos grita a flor dos anos

Na alegria de bons manos.

Na ternura e lealdade

É que nos acomodamos

Também na felicidade

É que muito mais trocamos

Com paixões e muitos planos!

Sorrir vida e dignidade

Como o mar e os oceanos

É bramir a liberdade

Numa voz dos soberanos

Violinos e pianos.

Nesta orquestra de verdade

Que já todos abraçamos

Faz da vossa linda idade

Primaveras que beijamos

E que tanto, tanto amamos!

Exultam todos num estrondoso, carinhoso e prolongado aplauso, suscitando a curiosidade dos empregados e de mais dois clientes que ainda estão a acabar de almoçar. Ficando os quatro contrafeitos e incomodados com a espontânea sonoridade ovacional, procuram acalmar-se, evidenciando a manifestação de desculpas, pedindo Rodrigo, Simão e Joana gelados, para sobremesa, e Diogo um café e a conta.

– Mas para terminarmos este opíparo almoço, – intervém Diogo, de repente interpelado por Simão.

– Opíparo?!

– Quer dizer muito rico! – Esclarece de imediato Rodrigo, mastigando as sílabas implícitas na degustação do gelado.

– Estava eu a dizer, e também já escrevi isto não sei onde, para terminarmos o nosso substancial repasto, – prossegue agora Diogo – que as memórias imperecíveis dos tempos estão nos nobres lugares dos signos que elucidam o sentido do mundo. Esses nobres lugares dos signos, para além da enorme diversidade e natureza monumental, são os livros e os mais diversos veículos escritos sobre ciência, arte, cultura e a mais variada informação, seja qual for o formato e suporte em que conseguirem viajar e sobreviver, perpetuando assim conhecimento e saber, fundamentando de modo inexaurível desenvolvimento e progresso, edificando, engrandecendo e consolidando a humanidade como suprema e inigualável dignidade que se conquista.

– E cada um de nós...? – Intervém Joana por uma ligeira aberta do discurso de Diogo.

– E cada um de nós pode ser um livro que não podemos deixar que, sem registo e sem publicação, se feche definitivamente no hermetismo intransponível da morte. – Conclui Diogo.

Levantam-se da mesa, despedem-se dos empregados, discretamente e com simpatia, e saem os quatro do restaurante, animados. Já na rua, em direção ao carro estacionado nas imediações, passam por uma paragem de autocarro, com duas pessoas à espera, uma delas com uma bengala na mão. Era um senhor cego, de meia-idade.

– Olha, papá! – Adverte Simão – É o senhor que esta manhã ia ficando debaixo do comboio...

– Quem?! – Quer saber Rodrigo.

– Aquele senhor da bengala. – Responde Simão, olhando na direção do senhor, resistindo a não apontar.

– É feio apontar... – Diz Rodrigo a rir-se – e houve algum problema com o senhor no comboio?

– Não houve nenhum problema, porque o maquinista apercebeu-se a tempo... o senhor chegou a cair à linha, o comboio não andou, o senhor conseguiu apanhar o comboio, voltar, e já está ali à espera de autocarro... – Replica Simão, começando também a seguir a atenção disfarçada do pai em relação ao senhor cego e ao barulho insuportável de um *jambegue* que não se calava junto à paragem.

Num vaivém à volta da paragem, um rapaz negro deambulava de um lado para o outro, a *jambeguear* um ritmo caótico e com oscilações desconexas de intensidade, condicionando com o ruído dos batimentos do *jambegue* a audibilidade da pessoa cega, visivelmente a contorcer-se de incómodo, porque precisava de ouvir o motor do autocarro, cuja aproximação e chegada aguardava. Deparando-se com aquele cenário agreste, Diogo atrasou o passo, a ganhar tempo para perceber no que iria resultar o ruído do *jambegue*, fingindo-se interessado no conteúdo das montras de algumas lojas junto à paragem. Os três seguiram Diogo, observando também as montras, mas ao mesmo tempo atentos ao desconforto no local que aquela frenética e perturbadora percursão causava. Diogo já leu algures que o barulho a mais, num ponto ou numa dimensão *round*, pode ofuscar a percepção auditiva das pessoas cegas, porque os seus ouvidos é que, de certo modo devido à sua abrangencialidade, lhes facultam informações, neste caso suprindo a ausência da visão. O rapaz negro bem percebia, com prazer, que estava a importunar toda a gente, sobretudo a pessoa cega, que já começava a praguejar entre dentes, emitindo na sua direção algumas sílabas desgovernadas e vituperantes.

– Ó senhor ceguinho, prondé que quer ir? – Pergunta ao senhor de bengala o vaivém perturbador, acercando-se dele e amenizando um pouco as batidas no *jambegue*. O senhor cego, já suficientemente irritado, procura evitá-lo, mas sempre lhe vai respondendo, também já numa incontida agressividade verbal.

– Quero estar aqui, em paz, sem barulho, para poder ouvir chegar o autocarro. Serve-lhe a resposta, senhor perturbador?

– Eu só te estava a querer ajudar, ceguinho, e ainda por cima és mal-agradecido. – Rosnou o *jambegueador* irritante, acelerando e intensificando mais ainda a percursão.

– O senhor perturbador, que também parece ser atrasado mental e malcriado, não me conhece de lado nenhum para me tratar por tu. – Manifesta-se a pessoa cega, batendo suavemente com a bengala no chão.

– Malcriado és tu... ou você... ó ceguinho! – Reage o ruidoso percursor de *jambegue*, parando as batidas.

– Esse vocábulo ceguinho que sai da sua boca é você, seu atrasado mental, ignorante e malformado. – Responde a pessoa cega.

– Eu tenho nome. – Diz o rapaz negro, num ar ameaçador.

– Eu também tenho um nome. – Responde a pessoa cega.

– Quero lá saber do seu nome.

– Mas ao menos sabe que sou uma pessoa.

– E eu sou um cão, não?!

– Há cães bem mais civilizados do que o senhor.

– Senhor, diz muito bem.

– E eu sou o quê?

– Um ceguinho. – Ridiculariza-o o rapaz negro.

– Vá com Deus, homem demente. Não perturbe quem está tranquilo.

– Se te vejo ir a cair num buraco, empurro-te lá para dentro. – Ameaça-o o rapaz negro.

A pessoa cega não retorquiu, ficando em silêncio, atento ao ruído de um autocarro que se aproximava.

– Olhe que ele é marreco, senhor. – Segreda à pessoa cega um senhor que, entretanto, havia chegado e também aguardava o autocarro. Já se encontrava na paragem um outro senhor, que era surdo, problema sensorial de que se deu conta Diogo. A terceira pessoa, uma senhora, que já lá estava na paragem também há algum tempo, muito incomodada, assistia, sem palavras, àquele diálogo sem sentido. Diogo e a família mantinham-se atentos, mas discretamente. O senhor surdo, sintonizado com a algazarra originada pelo rapaz negro, começava a ficar desassossegado e já emitia uns sons vocálicos de exasperação, usando em simultâneo a sua língua gestual. Diogo apercebeu-se que o senhor se preparava para agredir o rapaz negro e recomendou-lhe, em língua gestual que tivesse calma, porque tudo ia ficar bem resolvido. O rapaz negro começou a consciencializar-se de que algo mais complexo já o ameaçava, e começou a serenar. O autocarro estava a chegar.

– Ó seu marreco malcriado, pode ser que endireites a corcunda com um empurrão e que também lá vás parar dentro do buraco. – Admite o senhor cego.

– Dou cabo de ti, ceguinho. – Barafusta enfurecido o rapaz negro.

– Tenta lá, marreco malformadão, pode ser que te endireite. – De súbito, um reboliço furioso do marreco na direção do senhor cego. Um estrondoso encontrão e o marreco estatelado no chão, aos berros de raiva. O senhor surdo levantou-o num ápice e atirou-o de novo ao chão. Diogo pediu ao senhor surdo, de novo em língua gestual, calma. O senhor cego já havia feito a sua parte. O senhor surdo agradeceu a Diogo, mas colocou-se ao lado do senhor cego.

– Já estás direito, marreco sem coração?! – Pergunta, incisivo, o senhor cego. O marreco levanta-se para surpreendê-lo com um soco. Mas o senhor que também aguardava o autocarro e o senhor surdo impediram o desfecho. Diogo também esboçara a intenção de se aproximar, mas não saiu do lugar, vendo a antecipação destas duas pessoas que estavam na paragem, que intervieram com determinação.

– Já chega de teatro, quase tragédia. – Declara o senhor ouvinte.

– Também queres? – Ameaça-o o marreco, dirigindo-se-lhe.

– Não se atreva. Pode sair-lhe caro. – Responde o senhor com serenidade. O marreco distraiu-se e o senhor cego apanhou-o inesperadamente, agarrando-o pela camisola, rasgando-a com a pressão e pontapeando-o, obrigando-o a pôr-se em fuga.

– Já estás direito, ó marreco? Queres mais uns tratamentos osteopáticos? Olha que sou um bom endireita. – Grita-lhe o senhor cego.

O autocarro chega. A senhora, macilenta e quase a desequilibrar-se, é a primeira a entrar no autocarro. Os três cavalheiros entram a seguir, primeiro o senhor cego, começando a ficar refeitos da inesperada escaramuça, com o marreco a gritar a distância.

– Hei de apanhar-te. Hei de apanhar-te, ceguinho. Vais pagá-las bem caras, ceguinho da merda. – O autocarro arranca e o rapaz negro, observando que fica no local um ar hostil à sua presença, vai-se esgueirando devagar de *jambegue* debaixo do braço.

Os quatro ficaram perplexos e imensamente desconfortados ante aquela cena. Diogo e Joana sentem que os filhos querem falar sobre o assunto, mas não sabem como abrir a conversa.

– A língua gestual portuguesa... e a atitude da pessoa surda... impediram um desfecho mais duro... – Diz Joana, amenizando a confusão que pairava nas cabeças de Simão e de Rodrigo.

– Tu também sabes falar com as pessoas surdas, papá? – Pergunta Rodrigo, admirado.

– Deve ser uma língua muito difícil... – Imagina Simão.

– É uma língua que todos deveríamos dominar. Assim como todas as outras formas alternativas de comunicar com pessoas que têm outro tipo de dificuldades, muito complexas por vezes, para nos dizerem o que querem, e a gente entender, e para nós conseguirmos interagir com elas, fazendo-as perceber o que lhes pretendemos transmitir... Agora, como viram, a língua gestual foi importante para impedir... talvez uma tragédia. – Responde Diogo. – Aprendi língua gestual portuguesa e tenho bons amigos surdos, alguns professores, e também já tive alunos surdos, o que me tem gratificado imenso!

Diogo sente e sempre defende que comunicar é como respirar. Ninguém vive sem respiração e sem comunicação, seja esta de que forma e tipologia for, sendo com ela que todos nos relacionamos e interagimos, nos socializamos, nos desenvolvemos e nos humanizamos, desempenhamos uma atividade cívica e profissional, ajudamos a edificar, a eticizar e a humanizar o mundo da vida para todos, à luz da acessibilidade e da usabilidade oferecida pelas cidades e/ou espaços urbanos a todos os cidadãos, numa ecologia sociocomunicacional inclusiva que valorize a diversidade humana, no cruzamento da problemática da inclusão social das pessoas com necessidades especiais com a vida nos espaços urbanos e nas cidades, que se desejam cada vez mais educadoras, considerando ser no espaço da cidade que, nos nossos dias, encontramos mais condições para o desenvolvimento humano e da humanização.

– Algumas pessoas surdas sabem também fazer leitura labial. Conseguem ler nos nossos lábios o que lhes dizemos. Sabem escrever e ler como nós, ouvintes... E têm também a sua cultura muito caraterística, a chamada cultura surda. – Acrescenta Joana. Simão e Rodrigo ficam atentos ao desenrolar da conversa dos pais sobre as pessoas surdas e a sua forma de comunicação interpessoal.

– Por isso é que, na comunidade surda e na sua relação com a comunidade ouvinte, se fala e se desenvolve o bilinguismo... e o biculturalismo... – esclarece Diogo.

– O que é isso de bilinguismo e de biculturalismo? – Pergunta Rodrigo, também com o imperativo assentimento do irmão.

– O bilinguismo, – intervém célere Joana – é porque têm a sua língua mãe ou a língua primeira, que é, no caso, a língua gestual portuguesa, e podem saber também uma língua segunda, que é a língua da comunidade ouvinte, a qual é, no caso, a língua portuguesa. Têm a sua própria cultura, mas também entendem a cultura da comunidade ouvinte e a cultura em geral, daí a questão do biculturalismo. – Joana e Diogo estão bem cientes de que o bilinguismo e o biculturalismo é um importantíssimo binómio coevolutivo que, consciente e devidamente treinado e exercitado ao nível do desenvolvimento biopsicossocial e humano, devolverá à comunidade surda a natural competência pessoal e social para lidar com a conceptualidade e com a abstração, em perfeita sintonia e diálogo com a comunidade ouvinte.

– Eh, mamã! – Exclama Simão.

– Também sabes essas coisas, mamã! – Manifesta-se também Rodrigo, admirado.

– Também sei língua gestual portuguesa... também conheço línguas gestuais de outros países... – Adianta Joana, a sorrir.

– Também há língua gestual espanhola? – Questiona Rodrigo.

– E há a inglesa? E a francesa? – Pergunta imediatamente também Simão.

– Sim, todos os países têm a sua língua gestual... Também se usa em certos países a expressão "língua de sinais"... No Brasil, por exemplo, usa-se o termo "LIBRAS", que quer dizer Língua Brasileira de Sinais. Até há dialetos em língua gestual... Mas também há a língua gestual internacional. – Esclarece de imediato Diogo.

– Tantas coisas que a gente aprende com vocês os dois! – Declara Rodrigo.

– Então, eu também quero aprender língua gestual portuguesa. – Afirma Simão.

– Eu também quero. Mas também quero aprender braille. Deve ser interessante ler e escrever no sistema braille... – Assevera Rodrigo, determinado.

– Ah, sim, eu já vi na televisão pessoas cegas a ler e a escrever em braille... É por meio de pontos... como naquele sonho horrível que o papá teve quando era menino... Também quero aprender. – Diz Simão, com expressividade idêntica à do irmão.

– Excelente! – Exultam Joana e Diogo em uníssono.

– Aquele senhor cego, há bocado, já estava muito irritado... Como é que se deve ajudar uma pessoa cega, papá, sem que ela se sinta irritada por ter de contar com os outros? – Pergunta Rodrigo.

– Não há ninguém que não precise dos outros. Todos nós podemos, num qualquer momento, necessitar de uma ajuda de alguém. A suscetibilidade é um sentimento que pode ser controlado, mas também entrar em desordem. O senhor cego estava tranquilamente à espera do autocarro e coube-lhe levar com a ira daquele senhor negro, inconformado com alguma coisa que a gente desconhece. – Responde Diogo.

– E tu sabes também ensinar essas coisas, papá? – Pergunta Simão.

– Sim... sei.

– Toda a gente deveria saber alguma coisa sobre o assunto, para não se surpreender nem surpreender ninguém numa qualquer circunstância inesperada... – Ajunta Joana, fixando Diogo e os dois filhos.

– Olha, papá, podias dar-nos algumas instruções?... – Sugere Rodrigo.

– Pois é, papá! – Também pede Simão.

– Pois bem, tenho todo o gosto, há passos importantes que temos de conhecer e de saber dar. O mundo é de todos, todos temos de nos saber entender e coexistir. – Enuncia Diogo, preparando-se para lhes apresentar uma breve abordagem sobre o assunto.

– Mas é melhor sentarmo-nos num banco deste pequeno jardim, num lugar mais calmo, para estarmos mais à vontade. – Propõe Joana. Procuram esse lugar e instalam-se.

– Em primeiro lugar, há pessoas normovisuais e pessoas cegas. Nós somos normovisuais, porque, graças a Deus, vemos. – Apressa-se Joana a informar.

– Se algum de nós encontrar uma pessoa cega na rua, devemos, em primeiro lugar, certificar-nos se ela precisa ou não de ajuda. E, ao tomarmos a iniciativa de a ajudar, no caso de se achar necessário, temos de o fazer com a máxima naturalidade, como se nos tivéssemos a dirigir a alguém normovisual, que precisa de ajuda. – Esclarece Diogo.

– O papá está a querer dizer-nos que há um comportamento de que não nos podemos desviar, se tivermos de ajudar ou abordar uma pessoa cega. – Adianta Joana.

– Bem, antes de tudo, – diz Diogo – nessa ajuda ou abordagem, deve-se falar para a pessoa cega e cumprimentá-la... dizendo-lhe bom dia, senhora ou senhor, boa tarde, boa noite, conforme o período do dia, mas fazendo-o de modo a que a pessoa não tenha dúvidas de que alguém se lhe está a dirigir. Se alguma incompreensão ocorrer, deve procurar-se a mão da pessoa cega e cumprimentá-la, apertando-lhe até a mão, se o tipo de cumprimento o sugerir.

– Mas devemos sempre, no caso da pessoa cega precisar, deixar que seja a própria ou o próprio a solicitar ajuda. – Atalha Joana.

– Sim, – esclarece Diogo – mesmo que seja um pedido de orientação. Mas nunca devemos conduzir a pessoa pela bengala ou pela mão, pegando-lhe na bengala ou na mão. Se a pessoa tiver de ser conduzida, devemos oferecer-lhe um dos nossos cotovelos, colocando-lhe a mão no cotovelo que lhe tivermos disponibilizado, sem nenhum constrangimento.

Se a pessoa cega usar bengala, extensão do braço ou utensílio de orientação que deverá sempre possuir, não precisamos de lhe indicar os desnivelamentos do pavimento, porque pode esse tipo de informações ser interpretado como desvalorização da capacidade ou competência da pessoa que está a ser ajudada. Devemos sempre encaminhar a pessoa cega pelo caminho mais direto, seja no exterior seja numa sala, nunca pelo meio de cadeiras, mesas, ou de quaisquer obstáculos.

– E se a pessoa cega tiver um cão-guia? – Pergunta Simão.

– Se a pessoa cega tem a bengala na mão direita e a trela na esquerda... qual é o cotovelo que se lhe deve oferecer? – Completa a questão Rodrigo.

– Nesse caso, como certamente já estão a entender, devemos oferecer-lhe o cotovelo do nosso braço esquerdo, segurando a pessoa cega a bengala com a mão esquerda. – Responde Diogo – E... devemos também falar com a pessoa de um modo amável e assertivo, num tom de voz normal. Só elevamos o nosso tom de voz, se nos dermos conta de que a pessoa também tem algum défice auditivo.

– Outro pormenor importante... – Acrescenta Joana – é, no caso de se ter de levar a pessoa cega por uma passagem estreita, quem a está a conduzir, a que está a funcionar como guia, deverá rodar com o seu corpo o braço a cujo cotovelo a pessoa cega agarra, num movimento com a distância de um metro e meio a dois metros dessa passagem, para que a pessoa cega se aperceba que tem de caminhar em fila única até ao fim desse caminho estreito.

– Eh, mamã! Também sabes essas coisas!... – Intervêm, ao mesmo tempo, os dois filhos.

– Sabem, – esclarece Diogo – a mamã e eu, eu e a mamã, falamos muito sobre tudo, desde que nos conhecemos.

– Desde que começaram a namorar? – Pergunta Simão.

– É verdade. Desde que começámos a namorar. – Responde Diogo, num ar feliz.

– E qual é o que sabe mais? – Pergunta Rodrigo.

– As nossas áreas de conhecimento, a do papá e a minha, são um pouco diferentes, mas sempre nos habituámos os dois a falar delas como se fossem de ambos... – Diz Joana, também num ar muito feliz.

– Tenho de arranjar uma namorada assim como tu, mamã. – Declara Rodrigo.

– Eu, quando for grande, também quero encontrar uma namorada como a mamã. – Declara também Simão.

Sorriem e abraçam-se os quatro muito. Levantam-se a um sinal de Diogo e o assentimento de Joana.

– Tantas coisas que a gente já aprendeu hoje com a mamã e com o papá!... – Constata Rodrigo.

– E não podemos ficar tristes com alguns acontecimentos, como este a que acabámos de assistir, porque temos de ter força para ajudar quem precisar de nós. – Declara Simão.

– É exatamente assim, Simão! – Diz Joana.

– Isso mesmo! – Reforça Diogo.

– Assim, ninguém nos vence! – Conclui Rodrigo.

– Muito bem! Muito bem! – Dizem, a seguir um ao outro, Diogo e Joana. – E agora vamos para o carro. Já estamos a ficar cansados. – Determina Diogo. – Hoje vamos dormir no apartamento do tio Luís, em Vila Moura, que tem piscina. O tio Luís emprestou-nos a chave para passarmos lá uns dias de férias! – Ficam profundamente maravilhados, Rodrigo e Simão, com esta grande surpresa, deixando soltar das suas gargantas, com total liberdade, sons de uma enorme alegria.

Sentindo, pressentindo, perscrutando, observando e interpretando, interagindo e esclarecendo durante o tempo que pôde, foi o comportamento de Diogo, neste dia 23 de Agosto de 2007, até que o futuro se juntasse e se manifestasse na perspetiva do sonho que o provoca e o pretende encaminhar, até terminarem os quatro um almoço que os revitalizou, saciando-lhes o estômago e reconfortando-lhes o espírito. Uma desagradável cena episódica, na rua, numa paragem de autocarro, quase lhes parava a digestão. Dava, de facto, um bom livro, o refletir e escrever sobre os quadros que nos surpreendem num qualquer compasso de espera, como este; como todo este dia; a imaginação pululante, a poisar em particularismos que ocorrem em cada momento ou dia que passa, no tumulto de realidades visíveis e audíveis, odoríferas e tangíveis, gustativas, observáveis pela mais ampla dimensão sensorial e cognitiva; a imaginação a cirandar e a multiplicar-se nos sons e cores, nos movimentos e formas, nos mais diversos acontecimentos e situações, na heterogeneidade do quotidiano... no infindável...

IV – NO MOINHO MAIOR

À varanda da sustentabilidade cognitiva e do questionamento das circunstâncias, da manifestação do amor e da intercompreensão, algures num
lugar paradisíaco e singularmente recôndito nas imediações da «Corticeda»,
o Moinho Maior, que também mói paciências e relações humanas, trans-
formando-as em adubos sinergéticos de paz e bem-estar, nasce uma manhã
inesperadamente com chuva, no dia dezasseis de Agosto de 2008. Durante
o dia, o sol vai-nos espreitando, com timidez, através de esporádicas
clareiras que se abrem nas nuvens. Está um dia frio, de sol a brincar connosco às escondidas, num céu aparentando Inverno, algo plúmbeo até,
fenómeno meteorológico invulgar neste mês do ano. É um mês de férias
para a generalidade das pessoas que trabalham, por isso houve a possibilidade de se juntarem para almoçar a família, familiares mais afastados
e vizinhos, à volta de uma mesa recheada de emoção e alegria, de partilha
de conhecimentos e gastronomia, de copos, larachas e folia. Para começar,
uma opulenta sardinhada, uns copos de tinto avantajados, de vinho caseiro,
e em bom número. Sim, copos numa avultada quantidade, porque aqui
os "garfos" são bons e os "copos" também. Em geral, toda a gente come
e bebe bem. As regas dos repastos são substancialmente generosas com

o vigoroso e irresistível "Vinho do Cunhado". Depressa a varanda fica deserta, à medida que o delicioso aroma das sardinhas assadas começa a dilatar de apetite as narinas dos convidados. Da varanda poética passa-se, num ápice, ao altar de uma farta refeição, a seu tempo também repleta de poesia.

Com visível prazer, todos vão comendo, bebendo e tomando a palavra. A propósito da designação desta bela localidade, fala-se de "molinologia", todos lançam uma ideia sobre a ciência dos moinhos, chegando-se mesmo a considerar pessoas e os próprios comportamentos em relação ao impacto dos moinhos nas emoções, estados de alma transitórios e bem-estar ou mal-estar social de uns e de outros, uns que funcionam conscientemente por si e pelo bem coletivo, outros que interagem apenas como cataventos egoística e/ou irrefletidamente. O Dingo, "coker" que se esganiçava de contentamento a espargir o chão de mijo enquanto o almoço decorria entre estridentes gargalhadas, ia ladrando e soltando uns ganidosinhos, como que a corresponder à algazarra gastronómica.

— Temos para sobremesa Figos "abêberos" — declarou a mãe de Joana, a Dona Catarina.

— E figos "timbrões", aquela espécie de temporões, também há? — Questiona Joana.

— Estão aqui, avia-te filha. — Intervém a mãe de Joana.

— A mãe está com pressa, porquê?

— Não estou com pressa nenhuma, filha.

— Está-me a mandar despachar...

— Não, não, eu estava já a ouvir não sei quem a "esperterer"... — Justificou-se a mãe de Joana.

— Mas não ouvi ninguém falar alto, nem zangado, mãe... só se for a minha irmã...

– Prova lá estes "timbrões". Não fiques augada.

– Hum, tão bons! Não estou grávida, mas até pareço, mãe.

– Não aventes a pele, filha. A pele faz bem. Tem vitaminas. É boa para comer.

– Só estou a jogar fora a parte seca da pele, mãe.

A mãe de Joana parecia um pouco inquieta. Andava num vaivém entre a rua e a sala de jantar, que se improvisara no denominado "bunker", na adega, aproveitando cada ida à rua a oportunidade para recolher sardinhas na churrasqueira e reabastecer a mesa, de onde as sardinhas pareciam voar. Algumas pessoas sentam-se, outras, a maior parte delas, de pé, comem e bebem, a passear de um lado para o outro. O incontrolado apetite e o seu irresistível sabor eram as asas das sardinhas, que voavam da mesa.

– Tenho que "retender o pão". Este ficou bom – declara a mãe de Joana, cortando mais fatias de pão para a mesa.

– Que pão, mãe? – Pergunta Joana.

– O que é para cozer no forno – responde a mãe.

– Mas "retender o pão"... é o quê? – Indaga Diogo.

– "Retender o pão"... o pão cresce, só depois do pão estar finto e o forno ainda não bem quente... – Responde a mãe de Joana, atarefada.

– Finto... é o quê? – Quer Diogo saber.

– Levedado – apressa-se Joana a esclarecer.

– O pão finto, levedado... ou... lá o que é, está pronto a entrar no forno – responde a mãe de Joana, um pouco reticente em relação ao termo usado pela filha.

– Se ficar cozido como este, este está uma gulodice! A gente come, come, come, come... – diz Diogo, de boca cheia, a deliciar-se.

– E também vou fazer umas filhoses – diz a mãe de Joana, num ar sorridente, fitando o genro.

– Filhoses tendidas primeiro na mão, "bem espichadas", como a mãe diz, que significa bem estendidas – acrescenta Joana.

– Pois sim. Ponho, de seguida, duas ou três num tacho com azeite quente a estalar na fogueira...

– Que quer dizer a ferver na fogueira, não é mãe?

– Sim, pois, a estalar na fogueira até ganharem tamanho e ficarem com aquela cor castanha-amarelada.

– Gostosíssimas! – Conclui Diogo.

Diogo fica, de repente, sisudo e com um ar reflexivo, a mastigar vagarosamente um croquete quentinho, que retirara de um tabuleiro acabado de chegar à mesa. Quem o conhece, observa com facilidade que está a acontecer dentro de si um diálogo aceso, embora silencioso. Deixam-no apreensivo determinadas ausências cívicas e certos comportamentos egoísticos e oportunísticos por uma espécie de instinto de malvadez ou provocatório, em que falha o civismo. Incomoda-o a desatenção que se verifica nalgumas ruas, estacionando-se carros em posições que dificultam ou impedem mesmo o tráfego que por elas tem direito a passar. Isto acontece nos lugares pequenos, sobretudo onde não costuma haver grande movimento. Além disso, os hábitos sociais também são diferentes, consoante os locais e os modos de vida que os naturais interiorizam desde o berço, considerando a normal pasmaceira e circunstâncias que se vivem nesses locais. Deixa-se um carro mal estacionado e de portas abertas numa rua, por vezes atravessado... sem que haja a intenção expressa de incomodar os outros... Se alguém precisar de passar por ali com outro carro, se a passagem estiver impedida, basta businar ou dizer algo ao dono do obstáculo, e o mesmo o retirará, naturalmente sorrindo, sendo o sorriso um símbolo de pedido de desculpa. Um sorriso natural e, visivelmente sem intencionalidade no impedimento da passagem, acaba por colher, em geral, também um sorriso cívico do outro lado, nem que seja amarelado.

— Então, Diogo, no que pensas? — Quer saber Joana.

— Eu estava a lembrar-me daquele sítio recôndito, que visitámos há dias no Norte, onde por acaso entrámos e percorremos algumas ruas a pé e nos surpreendemos com algumas anomalias que observámos. O civismo é uma palavra que não confere com o comportamento de certas pessoas naquele local. Há ruas públicas de jure que não são públicas de facto, havendo residentes que deixam os seus automóveis no meio da rua, obrigando quem por ali tenta passar a fazer inversão de marcha e seguir outro trajeto para o seu destino. Lembras-te? — Desabafa Diogo — Fenómeno estranho este, ligado a outros não menos bizarros, cujo entendimento mereceria uma investigação com alguma profundidade, de cariz sociológico e, nessa medida, também comunicacional.

— Lembro-me muito bem. Eu sabia que havia aí irritação e crítica sobre alguma coisa desajustada na harmonia societária e cívica! — Atalha Joana — São hábitos que as pessoas deixam instalar no quotidiano das suas vidas... sem intenção de prejudicar quem quer que seja...

— Pareceu-me haver ali um aroma a provocação constante, através dos processos mais inesperados de manifestação e de comunicação sem palavras, de gente que só pensa em si e admite que nunca precisará de ninguém em nenhuma circunstância... — Adianta Diogo.

— Sim, Diogo, depois, nesses sítios isolados, também bebem e não sabem bem o que fazem... — Observa a mãe de Joana.

— Na verdade, vimos um homem a cair de bêbedo... E como também chovia, estava molhado por fora também... — Responde Diogo.

— Hoje, aqui, também começou o dia com esta chuvinha... que vai e volta... "Águas verdadeiras, por São Bartolomeu as primeiras". O 24 de Agosto, dia de São Bartolomeu, já está perto, é tempo de se semearem os nabos e as couves tronchudas... Mas, Diogo, aqui, os homens também sempre bebem muito. Também há algumas mulheres que bebem... às escondidas... os avós deles, os pais deles já não podiam viver sem beber vinho... «O que o berço dá a tumba o leva»! Muitos deles já partiram, já cá não estão! – Explica a mãe de Joana.

– E, depois, a desordem começa a expulsar a ordem, tomando o seu lugar... – Admite Diogo.

– Ai, Diogo! Tu queres saber? Desde sempre que aqui há muitas separações. – Atalha a mãe de Joana – Há aqui quatro Vigias e, antigamente, até os rapazes e as raparigas de uma Vigia não podiam falar nem namorar com as moças ou moços de outra Vigia. Até nos funerais de uma Vigia só podiam participar os dessa Vigia. Os das outras só podiam participar se fossem familiares do defunto. Olha, Diogo, quem não pudesse ir ajudar no funeral, numa qualquer Vigia, tinha que pagar a jorna a quem fosse no seu lugar.

– E quais são essas Vigias? – Pergunta Diogo, curioso.

– Olha: a Vigia da Capela, a Vigia do Loiro, que antigamente tinha mais gente, a Vigia da Castanha e a Vigia da Encosta, que agora já lá não vive ninguém. Nem na Vigia da Encosta, nem na Vigia da Castanha. Mas havia um livro... que falava disto tudo...

– E... posso ver esse livro? – Pergunta Diogo.

– As pessoas que o tinham já cá não estão. Ainda seriam novas, mas já Deus as tem em descanso. O pai tinha o livro, mas emprestou-o a alguém, já não me lembro a quem, que ficou com ele. – Responde a mãe de Joana.

– Bem... o que observamos hoje... pode ser uma razão histórica e cultural, que se arrasta numa cultura de hábitos tradicionais... – Admite Diogo.

– O pai, o teu sogro, Diogo, infelizmente já cá não está com a gente, mas só pode estar em bom lugar e em paz, e ele também sabia muito bem estas coisas todas. – Acrescenta a mãe de Joana.

– A sua calma, a sua paciência, a sua bondade, os seus gestos e agradáveis formas de estar fora do comum, eram caraterísticas admiráveis dele que nos faziam esquecer do tempo para o ouvir contar magníficos episódios e acontecimentos antigos, as relações de vizinhança e de famílias nesta Terra... – Relembra Diogo.

– E ele gostava tanto de ti, Diogo, também porque lhe fazias perguntas a que ele gostava muito de responder e ficavas o tempo que fosse preciso para o ouvires... – Recorda a mãe de Joana.

– O Diogo não se cansava de ouvir o pai. – Declara Joana, carregada de ternura – E nunca me poderei esquecer que o pai gostou logo do Diogo ainda sem o conhecer pessoalmente! Quando disse cá em casa que namorava com ele, o pai perguntou-me: "e ele gosta de ti e tu gostas dele, filha?". Eu respondi que sim. E o pai só disse: "então, fica com ele, porque, de certeza, só podem ser felizes!".

– O senhor Jorge era um homem desmedidamente generoso e grato. – Afirma Diogo.

– Ele sabia bem, à sua maneira, que, à medida que somos generosos e gratos, semeamos e cultivamos a união da generosidade e da gratidão... – Adianta Joana.

– Sim, ele sabia bem, na sua elegante e atraente simplicidade, que é sendo naturalmente generosos e gratos que merecemos e temos sempre mais recompensas. E não há dúvida que, também à sua maneira, tinha a noção do quanto nos gratifica saber valorizar e praticar certas virtudes humanas... E essas virtudes são a humildade e a inteligência, a argúcia e a oportunidade, a persistência e a sensibilidade, a coragem e a generosidade, a cultura e a competência, a solidariedade e a partilha, as quais dão à emoção e à tolerância mais poder e mais força! – Discursa Diogo.

– Ainda não bebeste quase nada e já estás a ser generoso de mais. Quero dizer, já estás a falar caro de mais. – Adverte Jaime, a acabar de chegar à mesa.

– Então... não fui claro?... – Pergunta Diogo, um pouco surpreendido.

– Foste claro, sim. É tudo verdade o que dizes. Mas é muita filosofia para a minha escola... Agora precisamos é de, primeiro, matar a sede com vinho e a fome com sardinhas e pão quentinho. Depois ficamos com mais sede de palavras e com mais fome de cultura. Falas bonito... é melhor beberes alguma coisa para falares mais bonito ainda. – Justifica-se Jaime, bem disposto, enchendo-lhe o copo e provocando também boa disposição em todos os presentes, que já se sentam à mesa.

Todas as pessoas presentes, em especial os homens como lautos garfos e amplos copos que são, vão-se sentando e continuando a comer e a beber, agora ouvindo atentamente Diogo, Joana e a Dona Catarina, que está sempre pronta a interceder em esclarecimento e conselho.

– De facto, relacionamo-nos e comunicamos de formas muito variadas, consoante hábitos vivenciais que acabam por nos caraterizar, uns que nos são incutidos desde o berço, outros que adquirimos... Inclusive, de um modo consciente ou não, todas as componentes físicas do nosso corpo são capazes de emitir mensagens... – Conclui Diogo.

Na realidade, Diogo bem sabe que, conjugando movimentos, posições, gestos e expressões faciais, é possível criarmos uma série de códigos ou sinais comunicacionais, com significados partilhados por uma comunidade que goze dos mesmos padrões culturais e sociais, no estabelecimento de relações interpessoais. Sabe igualmente que, apesar de reconhecida a linguagem do corpo como uma componente expressiva fundamental em qualquer ato comunicativo, ela apenas representa uma das vertentes de todo o processo comunicacional humano, mas sendo muito importante para a eficácia da comunicação e da informação, devendo os sistemas não--verbais ser analisados e interpretados contextualizada e intimamente ligados aos sistemas verbais de cada comunidade de cada região. Por vezes, deparamos com imperativos de natureza territorial, emocional, afetiva, mesmo amorosa, que nos fazem adotar atitudes, posturas, comportamentos, constituindo a forma não-verbal de comunicar e de expressar medos, inseguranças, sentimentos, emoções... Também chegamos a usar disfarces e máscaras para nos protegermos e mantermos o estatuto desejável, porque conveniente, perante os outros. Há que conhecer, saber interpretar e aprender a utilizar e a modelar a nossa linguagem corporal e a dos outros, o que pode melhorar o autoconhecimento e as relações interpessoais, sendo determinante, por exemplo, para prevenir ou corrigir estados psicopatológicos e outros.

Diogo, exultante, já farto e bem bebido, toma a palavra, numa voz timbrada e bem colocada.

— Estou, como costume dizer-se em gíria, virado do avesso com certos comportamentos que observo! Mas há um diálogo com cujo hipotético interlocutor não podemos ter.

— O que é isso de hipotético interlocutor? — Pergunta Jaime.

— É a irresponsabilidade! É difícil questionar a irresponsabilidade, porque é surda e porque, quem a tem, muito raramente a admite, por muito e substancialmente pedagógicos que sejamos na sua alusão e na sua forma de a corrigir e de promover a sua dissipação. — Responde Diogo.

— Ah! Ah! Ah! Já percebi! — Declara Jaime.

— Tenho um poema ao "bunker" do Jaime, aqui a este lugar onde nos encontramos neste momento, com os pipos, as garrafas, os copos e o maravilhoso vinho, todos à gargalhada!

— Posso gritá-lo, o poema? — Pergunta Diogo, a berrar de satisfação.

— Vá lá, força, grita lá isso já — ordena Jaime, com o assentimento gestual dos restantes.

— Cá vai então — alerta Diogo, pondo-se de pé para declamar.

Viva o bunker, belo bunker,

aqui estou maravilhado,

a beber copos e copos

do vinho do meu cunhado,

aqui tão deliciado,

que já grunho como os porcos

as alegrias de Baco.

Grande bunker, belo bunker,

eu já disse ao meu cunhado,

entre petiscos e copos,

que não fique chateado

por não ter algum cuidado

em não beber tantos copos

p'ra não ficar ensombrado.

Grande bunker, belo bunker,

não vou ficar encharcado,

desculpa lá, com mais copos,

quero ficar levantado

com um tinto bem puchado,

beber tantos tantos copos,

mas sem ficar entornado.

Grande bunker, belo bunker,

a comer e bem regado,

mais um copo, muitos copos,

começo a ficar passado,

vou ficando empielado,

venham copos e mais copos,

até que eu fique deitado.

Grande bunker, belo bunker,

já não sei bem o meu estado,

sem parar de beber copos,

se estou de pé, se sentado,

se vou p'ra frente ou p'ra o lado,

com os copos, e que copos,

no bunker do meu cunhado!

Viva o bunker, belo bunker,

aqui estou maravilhado,

a beber copos e copos

do vinho do meu cunhado,

aqui tão deliciado,

que já grunho como os porcos

as alegrias de Baco.

Todos aplaudiram com uma enorme salva de palmas, uns numa vozearia quente, outros num silêncio apreensivo, só o Diogo e o Jaime deixaram escorregar, cada um, uma lagrimazita tímida. O Jaime, sorrindo a Diogo, num ar de aparente sarcasmo brincalhão, insta-o:

— Então, já estás a chorar vinho?! — Dá-se uma risada estrondosa, geral, a que também Diogo se associou naturalmente, a limpar a lágrima da face com um lenço de papel, retirado de um maço que tirara do bolso.

— Quero mais vinho, — pede Diogo, de voz bem colocada.

— Eu também, — grita de igual modo Jaime.

O jarro é inclinado sobre cada um dos copos, ficam cheios, um *tchin* intenso que quase quebrava os copos, seguido do esvaziamento dos mesmos de uma só vez.

— "Tout d'un coup", como dizem os franceses — esclarece Diogo.

— Estás cá com uma embocadura...! — Repara Jaime.

— Escorrega bem... não sei como é que ele sobe... Jaime...

— Sobe, mas sai pelos olhos. Quando começa a subir, começa a chamar o sentimento — declara Jaime.

— E às vezes os ajustes de contas... — Replica Diogo.

Já são cinco da tarde, os convidados começam a despedir-se e a sair.

— Fiquem mais um pouco, já não vamos chorar mais vinho — diz Jaime às pessoas que vão saindo, dizendo até amanhã.

— Mas olhem que chorar, às vezes é bom — declara uma voz feminina, que vai ficando.

— A minha cunhada Joana e o meu cunhado Diogo sabem falar de tudo — refere Jaime, numa voz já um tanto "entramelada", virando-se para ambos, como que a pedir-lhes a sua sempre pronta explicação sobre o que se justifica ser um bom motivo de conversa, no caso também para amenizar um pouco a sucessividade com que os copos se enchem e se esvaziam.

— Aqui bebe-se bem, pooorrrraaaaa?! — Assevera Diogo, numa cara já rubicunda dos efeitos dionisíacos, virando mais um copo.

— Este "bunker" é liiixxxxaaado — diz Jaime, vendo o fundo de mais um copo, mas só agora, discretamente, limpando com a costa da mão direita a lágrima que há pouco estacionara no meio da face direita. A risada entre os dois cunhados começa a tomar forma cada vez mais estridente.

— É melhor passarmos para a água, Jaime — declara Diogo, com os trejeitos do assentimento de todos.

— Venha água para apagar o fogo, pooorrra! — Ordena Jaime e continuando no uso da palavra — Para chorar água em vez de vinho. Aí já saberemos que é por falta de vinho. Venha mais vinho... porra, venha lá essa água.

Apareceu de imediato na mesa um enorme jarro de água, surpreendentemente maior do que todos os outros. Todos beberam água, até esgotá-lo.

— Venha agora um jarro de whisky para ver se damos cabo dele como da água, para chorar whisky... — Tartamudeou, altivo, Jaime.

Como ninguém lhe deu troco, fita Diogo, gestualizando, brincalhão, o chorar água, incentivando-o a falar.

— Penso que a questão do chorar é um mistério extremamente complexo e que nos deixa perplexos quando tentamos decifrá-lo — diz Diogo num ar e tom de voz semipedagógico.

— Fala mais barato pá, porque dinheiro, não há — alerta Jaime, provocando uma risada geral.

— Sim, é verdade, nunca sabemos quais são os fins que pode ter o chorar, inclusive, que função biológica tem esse soro fisiológico, as lágrimas, que deitamos pelos olhos... — Intervém Joana, com serenidade.

– Ah, agora já é soro fisiológico! Vocês então, mulheres, têm para aí soro... deitam soro fora por tudo e por nada. Não é preciso ir à farmácia comprá-lo – redarguiu Jaime, gozando a interpelação de Joana.

– Os animais também choram... – Adianta a voz feminina que foi ficando – o meu cão, já o vi a chorar...

– He-he-he! Já tens mais uma fonte dessa coisa, do soro fisiológico. Monta uma farmácia. Isso dá dinheiro. Dá porrada no cão para ele deitar soro... aproveita também o soro do Dingo, que no princípio do almoço andava aí a chorar por dois lados, por cima e por baixo, e depois vendes o soro. Depois, enches uns baldes de soro e vendes – responde Jaime, numa voz sarcástica e de divertido gozo.

Todos riram estrondosamente, até às lágrimas.

– Olha, rir também dá soro. E os gatos, também choram? E os porcos? E as galinhas e os galos? E os bois e as cabras? E as ovelhas e os burros? Também choram?! Quais são e quantos são eles, os desse mundo, que choram?! – Continua Jaime, num gozo velado e imparável.

– Na verdade, Jaime, estamos a brincar, mas a questão de quantos animais choram, se choram como nós, por razões parecidas como as nossas, por vezes ruidosa e copiosamente até à exaustão, como os bebés, há casos mesmo nos adultos... – Adverte Diogo.

– Isso, isso, com muitos copos... Copiosamente... Agrada-me essa palavra cara que não sei bem o que significa... – Sublinha Jaime.

– Copiosamente quer dizer abundante, parvo. – Gritou-lhe a esposa, a Céu.

– Olha, agora também tenho um dicionário que fala cá em casa... – Ridicularizando-a no tom e olhar que o vinho provoca.

– Há gente que chora quando quer e com uma facilidade que impressiona. Há, em contrapartida, outras pessoas que se nos afiguram incapazes de expelir lágrimas. Há quem as use como argumento em própria defesa...

há quem as oculte por tabu ou vergonha. Chora-se por coisas insignificantes e escondem-se as lágrimas quando faria todo o sentido deixá-las jorrar. Chora-se de dor ou medo, frustração ou compaixão, de raiva, de alegria, de prazer (mesmo num intenso clímax sexual), chora-se de êxtase. Choramos ao maravilharmo-nos com o belo, com o prenúncio do horrível... Se perdemos ou ganhamos... Sentimo-nos mais aliviados quando choramos ante situações de alma profundamente dolorosas e que nos fazem sofrer... – Divagou Diogo.

– Eh, pá! Tragam lá vinho agora, por favor. O meu cunhado fala bem, mas o zé pestana já me estava a atacar... – Diz Jaime, abrindo a boca num bocejo sonoro e prolongado.

– Shakespeare (1564-1616) dizia que "chorar mitiga a profundidade da dor"... – Adiantou Joana.

– Sim... mas a falta de vinho está-me a doer – insiste Jaime.

– Tens razão, Jaime. Venha lá vinho... Não, não, venham antes dois baldes de whisky e um balde de gelo – pede Diogo.

Gera-se um burburinho contra a vinda de whisky para a mesa, principalmente por parte das mulheres. O receio da mudança de bebida, bebida da mistura, era evidente.

– Mas olhem que – retempera Diogo – as lágrimas surgem consoante os motivos... Sabemos que sim, mas porquê? Parece que há motivos, digamos, científicos. Parece que as lágrimas permitem libertar toxinas relacionadas com o *stress*. Vem dos anos 1950 a descoberta de que as lágrimas "de emoção" têm uma composição diferente das que surgem quando o olho é agredido: as primeiras contêm endorfinas, que estão ligadas ao prazer e ao alívio da dor.

– Bem, agora é que vai ser! Já começa a ficar quentinho e fica mais palavroso ainda. – Adverte Joana. Todos deixam soltar risadas de boca escancarada.

– Já que me dão esse privilégio, – continua Diogo – houve cientistas que analisaram centenas de pessoas às quais lhes morreram familiares muito queridos e concluíram que, depois de chorarem os seus defuntos, essas pessoas ficam a sentir-se mais aliviadas e com melhor aspeto.

– Esta do melhor aspeto parece difícil de entender. – Intervém Joana – Quem é que pode ficar com melhor aspeto, tendo a cara às manchas, os olhos inchados e vermelhos e o nariz com o dobro do tamanho, após chorar? – Retumbando nova risada geral.

– Deixem lá falar o Diogo, porra! – Pede Jaime, entre dois soluços – Ele fala sempre bem e diz coisas novas.

– Então, – retoma Diogo a palavra – também se conhecem outras descobertas interessantes, havendo quem defenda que as pessoas saudáveis veem as lágrimas de forma mais positiva do que as pessoas doentes.

– Se calhar é por as pessoas doentes considerarem as lágrimas humilhantes, tendo mais razões para chorar... – Adianta Joana – E também existem estudos sobre as diferenças lacrimais entre mulheres e homens... – Todos começam a ficar muito atentos.

– A minha Joana, em inteligência, sai ao avô da parte do pai, o avô paterno. Ele sabia ler e escrever, lia e escrevia a correspondência das pessoas analfabetas da aldeia, sabia falar de tudo e toda a gente lhe pedia conselhos, mesmo dos concelhos vizinhos. – Declara a mãe de Joana – Mas a minha Joana já chegou a doutora de informação.

– Mãe, eu sou licenciada em Ciências da Informação.

– Pois sim, filha, bem sei, tens um curso superior. És doutora. Até sei que já és mais do que isso, tens mais estudos... – A mãe de Joana sabe que, em Portugal, a quem tem uma licenciatura se lhe chama doutor ou doutora, conforme se trate de homem ou de mulher. – Quando ela andava na escola primária, ela aprendia tudo muito bem, todos queríamos que viesse a ser professora. Os irmãos chegaram a dizer-me a mim e ao pai que ajudavam a pagar os estudos dela. Mas conseguiu sozinha fazer

um curso superior. Teve a ajuda da vontade e da inteligência dela própria.
– Todos prestam a máxima atenção à seriedade e convicção discursiva
da mãe de Joana. Joana procura recentrar as atenções na questão científica
das lágrimas.

– Mas entretanto, continuando a falar do assunto das lágrimas, eu também
já li algures que, num estudo efetuado com mulheres e homens, aos quais
se pedira um "diário de lágrimas", se concluiu que as mulheres choravam
entre quatro e cinco vezes mais do que os homens, por uma razão biológica.
É que as mulheres segregam mais prolactina, segregação relacionada com
a produção de leite que também parece influenciar a produção de lágrimas. – Sustenta Joana.

– O mais curioso do estudo a que te reportas, é a não distinção, até
à puberdade, nos níveis de lágrimas femininos e masculinos, – acrescenta
Diogo – ficando por definir a razão por que, biologicamente e a partir
da puberdade, as mulheres necessitam de chorar mais do que os homens.

– Bem, provavelmente, porque é a partir dessa idade que é suposto
as mulheres, num contexto de reprodução, terem de aturar os homens...
– Admite Joana.

– Bom, Joana, e todos nós, – prossegue Diogo – sabes, é bom que todos
saibamos, que os tais "diários lacrimais" também permitiram elaborar um
gráfico dos motivos por que se chora, chegando-se à conclusão de que
quarenta e nove por cento tem a ver com a tristeza, vinte e um por cento
com a alegria ou felicidade, dez por cento com a raiva, sete por cento com
a compaixão, cinco por cento com a ansiedade e quatro por cento com
o medo.

– O interessante também nas emoções, originárias ou não de lágrimas,
é que a maior parte das vezes temos dificuldades em definir essas emoções e em entendê-las. – Continua Joana – Às vezes choramos ao mesmo
tempo de raiva, tristeza, ansiedade, compaixão, sendo ainda bastante fre-
quente comovermo-nos de felicidade, de medo de perder algo que temos
e, até, de tristeza por anteciparmos essa perda, por alguma razão. – A mãe

de Joana, a própria Joana, Diogo e a generalidade dos presentes deixam transparecer um agrado imenso ante o enunciado por Diogo e Joana.

Passam pela mesa mais uns bolinhos, café e chá, digestivos, quebrando os discursos de Diogo e Joana. Chega depressa a hora do jantar. Por volta das sete e meia surgem os aperitivos, muitos deles preparados pela mãe de Joana. Os licores de murta, de mel, de marcela. Começam a aparecer também os sólidos, o peixinho-da-horta, as filhoses... As couves e o "plangaio", o maranho, o chouriço assado, o pão quentinho, saído do forno, as febras assadas, as batatas escalfadas, a salada de almeirão... Mesa farta, com a família e convidados à volta, a que se junta mais outro cunhado, o César, com a mulher, a Carla, e filho, o Fausto. Também não falta o bom e espirituoso "vinho do cunhado", espalhado pela mesa em jarros de litro. Os copos são de vidro bem transparente, grandes e bojudos, com pé, onde a própria cor do viçoso tinto também se bebe com prazer. Aliás, na gíria, é hábito dizer-se que os olhos também comem e bebem. Os jarros começam a encher-se e a esvaziar-se rapidamente. Os três cunhados afirmam que os copos estão rotos e que os jarros estão furados.

– Este vinho é mesmo uma delícia! – Diz Diogo, maravilhado. Sucedem-se os tchin-tchins pela mesa fora. Os jarros reenchem-se, esvaziam-se para, de forma ininterrupta, ficarem cheios... vazios, cheios, vazios...

– Hás de apresentar-nos o enólogo que contrataste para produzires esta tão saborosa e espirituosa maravilha! – Diz Diogo a Jaime.

– Enólogos somos todos nós... cada um vai fervendo sempre o seu palpite... e aí temos o resultado! – Responde Jaime, com um humor cada vez mais refinado. Todos deixam escapar uma descontrolada risada de boca escancarada.

– Isso quer dizer que se vai bebendo, fervendo com a espirituosidade que se vai ingerindo e lançando ideias para se obter um vinho com cada vez melhor qualidade? – Pergunta Diogo.

– Isso mesmo! Vamos lá beber mais para aparecerem mais ideias! – Responde Jaime, numa enorme gargalhada e provocando mais uma retumbante risada geral.

– Hoje já se chorou vinho nesta mesa – diz Jaime a César, que acabara de chegar para se juntar à festa, no jantar. Todos gargalharam estrondosamente.

– Posso gritar outro poema?! – Berra Diogo – É diferente daquele que disse ao almoço. Mas também é a propósito deste belo vinho. Chamei-lhe "Vinho do Cunhado". – Todos assentiram.

– Venha lá esse poema, Diogo! Já que é ao meu vinho... – Pede Jaime, de novo entre soluços, o que provoca uma risada geral.

– Diz lá o poema, Diogo! – Pede também César.

– Então, lá vai – diz Diogo, pondo-se de pé.

Mas que espírito e sabor

Este vinho tem guardado,

Que nos dá saúde e cor

Com um ar iluminado...

Bebo vinho em tanto lado,

Não bebi nenhum melhor

Que este "Vinho do Cunhado",

Que nos dá tão bom humor!

Este vinho revigora,

Põe bem longe todo o mal,

Faz ruir tudo o que ofende,

Põe feliz um mar de gente!

E que sonhos ele acorda!

Que riqueza lexical

Nos diálogos acende!

Viva o "Vinho do Cunhado",

Neste Moinho de Vento,

Saboroso e perfumado,

Tão suave e suculento,

De memórias encorpado,

Que nos faz viver mais tempo!

Viva o "Vinho do Cunhado!

Todos bateram palmas, ruidosa e prolongadamente.

– Este é mais sério do que o do almoço. – Declara Jaime – Mas eu gosto muito dos dois. Vou mandar emoldurar os dois e colocá-los aqui no "bunker".

– O melhor é começares a comercializar o teu vinho – dizem vários convidados, quase ao mesmo tempo.

– "Vinho do Cunhado" parece-me ser um bom nome de marca... – Adianta Diogo – O que acham? – Observam-se semblantes e ouve-se uma vozearia de concordância em geral.

– E... não seria bom associar o nome do lugar? – Sugere Joana.

– Não, o "Vinho do Cunhado" é bom! É suficiente! – Responde Jaime.

– Jaime, – intervém Diogo numa espécie de brado – a juntar ao nome do vinho, a nossa sogra fez-me ocorrer hoje ao almoço uma grande ideia!

– Que ideia, Diogo?!

– A de comprar a Vigia da Encosta e as possíveis imediações para ali construir um projeto que há muitos anos ideei, ou imaginei, como quiserem, e me acompanha, mas que só preciso do local certo para o fixar e implementar. E a Vigia da Encosta parece-me o sítio ideal para isso nas abas desta serra linda e saudável. O projeto em questão, uma vez viabilizado, será mais um paraíso deste nosso paraíso de paraísos, Portugal, o qual precisará sempre, e em todas as conjunturas sociopolíticas, de referências morais, cívicas, políticas, que sejam geradoras de consensos e fatores de estabilidade, merecendo, assim, serem respeitadas, defendidas, preservadas, valorizadas certas regiões por essas referências. Humanizar pessoas e lugares, atividades, países...

Diogo e Joana, apercebendo-se de manifestações de agrado e de reserva, encontram-se num mútuo assentimento de subtil saída da ideia, sobrepondo-lhe outras conversas, sobretudo a propósito da excelente comida, do bom vinho, do ar saudável que se respira nesta região, quente no verão, gelada no inverno, linda na primavera.

– Mas qual é então essa ideia, Diogo? – Pergunta César, que também chegou para jantar e conviver. Todos deixam transparecer uma grande curiosidade em saber.

– "Aldeia da VIDA". Mas vida com todas as letras maiúsculas, na forma de acrónimo – responde Diogo.

– Lá estás tu, Diogo, com palavras que o meu bolso não pode pagar... o que é essa coisa do acrónimo?! – Questiona tartamudeante Jaime.

– "Aldeia da VIDA". Vida é um acrónimo, cada letra da palavra vida é a inicial de um vocábulo, por isso é que se denomina acrónimo ou sigla, portanto, VIDA, escrita em maiúsculas, significa "Vida Inclusiva e Dignidade Ativa. Parece-me que "Aldeia da VIDA", assim expressa, poderá representar uma designação singularmente inovadora e promissora do bem-estar e qualidade de vida sénior e, ao mesmo tempo, de fecunda pedagogia para os mais novos, desde a infância à adultez.

— Deem mais vinho ao Diogo que é para ele vomitar a ideia toda cá para fora — ordena Jaime, altivo e entusiástico, parecendo também emitir na voz o rubicundo bem visível na face. O guloso "vinho do cunhado" incendeia esta forma de mensagem audiovisual.

— É um projeto lindo e ambicioso que o Diogo tem concebido há muitos anos! Aqui, num lugar tão paradisíaco e oxigenado, perto de um aeródromo... simultaneamente saudável e idílico... Mas não menos paradisíaco e idílico, mágico, do que em Al-Balad, a Terra Natal do Diogo, onde ele projetara a princípio implementar esta sua ideia. Lembro-me tão bem da veemência elucidativa das suas lágrimas acesas num fundo brilhante... — Declara Joana, num assentimento algo confuso e sofrido. Diogo fitou-a num olhar amenizante, gesto que reconforta ambos e que espelha nos seus rostos uma inequívoca cumplicidade.

— Ai, Diogo, mas tens de pensar também numa boa terra para uma boa horta... É que aqui também há ou outro lugar que "nem a quinta nem arrebenta"... — Uma expressão da mãe de Joana, e usada na zona, para significar que "não dá nada como horta".

— Sim, mas a mãe também nos pode ajudar a escolher esse lugar para uma boa horta. — Atalha Joana.

— Vá, toma lá mais vinho! Vomita lá a ideia toda já! — Insiste Jaime, para Diogo. Ficam todos expectantes e em silêncio, fitando Diogo.

— É um projeto inclusivo de vida ativa, a implementar numa área espacial naturalmente paradisíaca e na forma de estrutura residencial de luxo, englobando um "hostel" e um hotel conforto igualmente inclusivos, ideia esta concebida e arquitetada para acolher cidadãos intelectuais seniores (é claro que também visitantes, jovens e não só), com a denominação "Aldeia da Vida Inclusiva e Dignidade Ativa", abreviadamente "Aldeia da VIDA", estrategicamente dimensionada e localizada, em termos funcionais e operacionais sob o ponto de vista da acessibilidade e da usabilidade... – Começa Diogo a tentar explanar a ideia, mas abruptamente interrompido por Jaime.

– Pooorrra, cunhado, diz lá isso mais devagar, sem tanta pintura, eu vendo tinta, mas agora não sei que tipo de tinta precisas, mas também não me apetece vendê-la agora...

– Tens razão, Jaime, vou tentar ser menos descritivo – prossegue Diogo, sorvendo mais um gole de vinho. – Esta ideia obedece a uma caracterização que não posso evitar de fazer. – Todos os homens ingerem um gole de vinho, como remédio que lhes afina a atenção para ouvirem a descrição do projeto.

– E... ouve lá, Diogo, – interpela-o Jaime – antes de continuares, porque é que só podem entrar nesse lugar intelectuais... velhos...? E então e os outros que não puderam ser intelectuais, mas que podem pagar?!

– Já vais perceber porquê, Jaime, à medida que eu for apresentando o projeto.

– Também há bêbedos intelectuais, gente que se deita e acorda cheia de vinho, mas que é inteligente... – Replica ainda Jaime.

– É claro que sim. Podem existir e serem considerados casos excecionais. Muito sucintamente – esclarece Diogo –, vou delinear a ideia em dez passos ou pontos fundamentais:

Ponto um, será um espaço amplo e aberto, em que assenta uma obra de arte residencial para seniores intelectuais, investigadores, incluindo naturalmente casos especiais ou com algum grau de excecionalidade, e para visitantes cujos direitos e comportamentos cívicos e de cidadania não se achem afetados por conturbações de diversa ordem, complexo residencial de investigação, cultura e lazer construído sem barreiras físicas e segundo as regras geológicas, de engenharia e arquitetónicas, incluindo a paisagística, de acordo com a adequada legislação em vigor e em que se cumpram, rigorosamente, as normas da ergonomia, acessibilidade e usabilidade, onde caibam todos os cidadãos, mesmo com as mais variadas desvantagens sensoriais, físicas, de mobilidade e outras. Isto quer dizer que é um espaço que terá de estar preparado para acolher e cuidar de cidadãos com dificuldades de etiologias e naturezas diferentes, como por exemplo pessoas cegas, surdas, surdocegas, com problemas neuromotores, mesmo cognitivos... pessoas que estejam condicionadas nos planos da visão, audição, na mobilidade, no acesso à informação e à cultura e na usabilidade de tudo o que o complexo e vivificante projeto lhes pode oferecer.

Ponto dois, assim, poderemos disfrutar de um local como espaço inclusivo sociocomunicacional e de interação de seres dotados de linguagem e capacidade para agir e de justificação crítica dos seus discursos e ações, alargado e acessível a todos os cidadãos, em especial aos residentes seniores, cada residente ou casal residente terá direito...

– A viver num ajustado e confortável apartamento; a beneficiar condignamente de todos os serviços oferecidos pelo empreendimento... – Atalha Joana.

– Ponto três, – continua Diogo – como residencial interativa de conforto que é, está apetrechada das condições que permitem desenvolver um processo de interação e relacionamento saudável, envolvente e vivificante dos residentes, como dos visitantes, também com o objetivo de atrair a infelizmente tanta gente isolada, triste e a sofrer sozinha em casa ou em lares de idosos a inadmissível solidão marginalizante, martirizante e mortífera, para devolver ou proporcionar a essas pessoas a grata e justa satisfação de poderem falar e partilhar com alguém saberes e conhecimentos, como por vezes autênticos e valiosíssimos livros que são mas desconhecidos, de modo a não se deixarem fechar e desaparecer no hermetismo intransponível da morte tesouros de conhecimento únicos.

– Ponto quatro – intercala Joana, com a peculiar graciosidade e espontaneidade da sua admiração e entusiasmo pelo projeto, que já bem conhece, – com os específicos recursos humanos, técnicos e tecnológicos, nomeadamente especialistas em modelos comunicacionais aumentativos alternativos,

– Meios humanos auxiliares de mobilidade, orientação e comunicação, incluindo Língua Gestual Portuguesa e, eventualmente, inglês e francês ou outra língua cuja nacionalidade dos utentes justifique, tecnologias e produtos de apoio. – Acrescenta Diogo.

– Estão a ver como a minha Joana também sabe muito...? – Alerta a mãe de Joana, na sua lhanidade natural e certificando-se da concordância de todos num relance furtivo e meigo.

– Se eu não achasse o assunto tão interessante, diria que vocês engoliram a mesma música. Parecem os dois o mesmo livro. – Intervém Jaime, num soluçozinho entre o levar o copo à boca e o voltar a colocá-lo num impacto seco no tampo de mármore da mesa.

– Bom... ponto cinco – retomando a explanação Diogo, – tem de ser um lugar para todos, e quando digo todos estou a referir-me aos residentes e aos visitantes, portanto, o aprazível espaço terá de estar devidamente preparado para todos poderem conviver e fruir em equidade o ambiente ecológico de bem-estar humano, como as diferentes ofertas culturais e de lazer, em igualdade de oportunidades e de circunstâncias, independentemente das dificuldades que cada residente, visitante ou passante apresentar.

– Ponto seis – apressa-se a adiantar Joana, – o Diogo pensou este autêntico paraíso, dando-lhe a configuração de utilização como uma residencial, um "hostel", um complexo de investigação, cultura e lazer, de elevado conforto para todos os residentes, visitantes e passantes poderem intervir e/ou beneficiar de atividades de natureza diversa, como científicas e tecnológicas, investigação e desenvolvimento, pedagógicas e culturais, materialização de ideias em resultados de investigação para serem publicados pela "Aldeia da VIDA" na forma de artigos, numa publicação com a denominação da instituição, e livros, a distribuir por pontos estratégicos de venda,

– Poderem utilizar a biblioteca/mediateca, com acesso livre e à Internet, ler livros, jornais e revistas, em papel e em suporte digital e/ou formatos alternativos, – continua Diogo,

– Contar com o apoio de ledores treinados para lerem às pessoas que, por qualquer razão, já não conseguem ler, e serem capazes de provocar o necessário diálogo em torno dos assuntos que lhes leem, – prossegue Joana,

– Proporciona-se aos utentes deste complexo também o acesso a atividades culturais e artísticas, lúdico-culturais, cinema, teatro, *ateliers* de arte, pintura, desenho, artesanato... – Acrescenta Diogo,

– Desporto e lazer, ginástica, piscina, jogos variados, como xadrez, damas, dominó, cartas e outros, – acrescenta Joana à exaustiva lista,

– A "Aldeia da VIDA" organiza viagens, passeios pedonais e visitas culturais aos mais diversos níveis, também garante aos seus utilizadores direito a assistência médica, osteopatia, enfermagem, exercícios de manutenção e/ou de reabilitação, – reforça a lista Diogo.

– E... desculpem lá a questão, podemos refrescar a garganta? – Pergunta Diogo, num apuro de voz. Jaime enche de vinho tinto todos os copos. A um sinal de Diogo, todos erguem os copos, só os homens, as mulheres não bebem vinho, e estendem os copos ao centro num brinde sem palavras, evitando-se todos os pormenores que possam atrasar o sedento deleite espirituoso, e ingerem de seguida uns gulosos goles de boca cheia. Depressa se recompõem, num ar solícito para Diogo e Joana.

– Bem, e agora que já lavámos as gargantas, o pífaro e a flauta podem continuar a apresentar o projeto. – Sugere Jaime, com o assentimento de todos, expresso também numa estridente gargalhada coletiva.

– Pífaro e flauta?! – Replicam em uníssono Diogo e Joana, inquirindo Jaime. Retumba mais uma risada geral.

– Pois, não é por mal, mas vocês parecem uma orquestra muito bem afinada... o pífaro Diogo fala bem, a flauta Joana responde bem, a flauta Joana fala bem e o pífaro Diogo responde bem... a gente assim não nos dá o sono e ficamos atentos a escutar a agradável conversa dos dois instrumentos que vocês parecem ser. – Explica Jaime, a arrastar um pouco a voz, como consequência da avolumada porção de néctar dionisíaco que já lhe escorregara pela garganta abaixo e cujo efeito obnubilável também já começa a subir, como que numa inversão de marcha até à cabeça.

– Então, flauta, começa lá tu agora a falar desse grande projeto. – Pede Jaime.

– Ponto sete, – toma a palavra Joana, a suster o riso ante a alcunha atribuída por Jaime – o grandioso projeto do Diogo, agora alcunhado de pífaro, tem espaços para informação e formação, eventos científicos e culturais,

– Ponto oito, – intercala Diogo – com apoios financeiros e garantias de sustentabilidade por parte de autarquias, municípios e juntas de freguesia, mecenas, como bancos, empresas, instituições e organizações multinacionais, mesmo ao nível da Administração Central, a própria União Europeia e fontes de financiamento para projetos na área da investigação, desenvolvimento humano e qualidade de vida.

– Ponto nove, – continua Joana – contando também com outro tipo de apoios, como donativos singulares ou institucionais, as mensalidades dos residentes pagas pelos próprios ou por outrem...

– Ponto dez, – procurando Diogo concluir – e há que somar ainda a esse montante os pagamentos do alojamento e refeições no hotel conforto e usufruto do associado "hostel", feitos essencialmente pelos visitantes e passantes.

– Olha, Diogo, é um trabalho que se paga a ele próprio. – Diz a mãe de Joana, na sua voz bem colocada e convicta.

– É isso mesmo. – Acentua Diogo. Todos parecem estar de acordo.

– E a "Aldeia da VIDA" já tem Estatutos! O Diogo também não se esqueceu desse importante pormenor! – Informa Joana. Repentinamente, irrompe um estalar de palmas, vivo e prolongado de todos.

– Olhem lá, pífaro e flauta, o vinho às vezes faz-me cada pergunta... – Intercala Jaime numa voz pausada e a silabar no característico timbre que só o espirituoso etílico impõe – Já que os aplausos estão a crescer aqui... apareceu agora na minha cabeça a curiosidade de saber como é que, na história, começaram estas manifestações?... Se calhar é simples, eu é que não sei... e, desculpem lá, mas... – suspende-lhe o resto da frase mais um impertinente soluço – gostava de saber...

– Queres saber, então, quem inventou o aplauso? – Pergunta Diogo. – Mas antes de eu contar essa história, tens de beber um bom copo de água. – Jaime agradeceu, bebeu o copo de água e pediu também um café forte e com açúcar, que ingeriu de imediato, ficando mais sóbrio, reconfortado e revitalizado, como se tivesse afugentado o dionisíaco peso.

– Pronto, cunhado, já acordei outra vez, estou ótimo! Conta lá a história do aparecimento dos aplausos. Sim... esta coisa de a gente bater palmas... Estou com curiosidade... – Replica Jaime, já como que refeito do ligeiro ataque de dormência. Todos caem num silêncio expectante.

– Com exata certeza, parece que ninguém o sabe ainda. – Declara Diogo – Mas, segundo uma das mais bizarras teorias, as manifestações de aplauso parecem ter surgido entre os homens das cavernas para comemorarem as boas caçadas... Parece que celebravam as alegrias, dando cabeçadas uns aos outros, nos seus banquetes, cabeceavam-se até que algum deles se cansasse dos dolorosos galos na cabeça e propusesse a troca na celebração do contentamento... No entanto, a versão mais credível do aparecimento do aplauso, há cerca de três mil anos, teria uma conotação religiosa, ocorrendo entre membros de tribos pagãs para, nos rituais, chamar a atenção dos deuses. Depois, na Grécia antiga, a plateia de espetáculos teatrais passara a usar as palmas, invocando os espíritos protetores das artes. Mais tarde, no Império Romano, começara a utilizar-se também o gesto como sinal de aprovação a autoridades que faziam aparições públicas. Já no século XVIII, os franceses inventaram a *claque teatral*, que era um grupo de pessoas expressamente contratadas por um artista espertalhão para aplaudirem o seu espetáculo. – Diogo, com esta exposição, consegue prender a atenção de todos.

– O aplauso, na forma de palmas, tem vindo, ao longo dos tempos, a representar diversificadas e ajustadas maneiras de reagir a um espetáculo ou a eventos de diferentes naturezas... – Acrescenta Joana. – Aquele conhecido jovem americano, Kent French, teria emprego garantido, se vivesse naquela época... – Adianta ainda Joana.

– Ouve lá, ó flauta! Quem é esse gajo?... – Pergunta Jaime, arrastando a voz.

– Kent French tem o recorde mundial no bater palmas mais aceleradamente... – Adianta Diogo, sorrindo um implícito gesto alusivo.

– Kent French tem um recorde com setecentas e vinte e uma batidas de palmas por minuto, o que equivale a uma média de doze palmas por segundo. – Acrescenta Joana, também a sorrir divertida e a gestualizar a suposta rapidez naquele bater palmas. Todos tentam. Todos riem alto, de bocas escancaradas.

– Mas atenção que, nem sempre o bater palmas é sinónimo de elogio. – Esclarece Diogo – A forma de bater palmas tem vindo a ganhar variados significados.

– Há palmas para quem as merece efetivamente, há palmas para elogiar, palmas para incentivar, para criticar, para redicularizar... – Acentua Joana.

– Quando batemos palmas lenta e sincronizadamente, é um sinal irónico para mostrarmos a nossa reprovação a um determinado espetáculo. – Vai retorquindo Diogo.

– Se as palmas acontecerem num crescendo, estamos a avisar alguém ou um artista enrolão de que já passa da hora para iniciar o show. – Vai redarguindo Joana.

– Se batermos os dedos de uma mão contra a palma da outra mão, estamos a aplaudir de forma sarcástica. Já estalar os dedos polegar e médio em ambientes refinados ou pedantes, é uma forma de aplaudir considerada mais elegante. – Prossegue Diogo.

– Se batermos palmas entusiasticamente, estamos muito agradados com o espetáculo e vivamente a reconhecer o impacto que o mesmo está a produzir em cada um de nós, no público assistente. – Remata Joana.

– Eh, ó música... Orquestra de pífaro e flauta... A gente faz uma pergunta... E temos logo um concerto de volta, uma concertada resposta na ponta da língua... – Intervém Jaime, enrolando as palavras num bocejo teimoso. – Então... Diogo, e os Estatutos de que ias falar... dessa Aldeia especial?... – Procura Jaime relembrá-lo. – Mas antes de começares a falar outra vez, ou antes de começarem os dois instrumentos a tocar, o pífaro e a flauta, é melhor bebermos mais um tinto como aplauso a este tão rico convívio! – Diz Jaime num tom imperativa. Enchem-se os copos, copos ao centro, copos a esvaziarem-se para dentro.

– Sim, fiz uns Estatutos com cinco capítulos e vinte e dois artigos...

– Eh, cunhado Diogo, e quanto tempo é que tu vais levar a falar disso tudo?! – Interpela-o Jaime.

– É rápido. – Apressa-se Diogo a tranquilizá-lo. – Só vale a pena dizer que os Estatutos têm um primeiro capítulo sobre a denominação, sede, objeto e fins do empreendimento, com três artigos; um segundo capítulo a propósito dos associados, com quatro artigos; um terceiro capítulo sobre os órgãos sociais e eleições, com dez artigos; um quarto capítulo, que se reporta aos recursos financeiros e patrimoniais, com um artigo; e, finalmente, um quinto capítulo, que refere as disposições diversas, com quatro artigos.

– Bem, a "Aldeia da VIDA" naturalmente que tem uma Comissão Instaladora, a qual penso que deverá ser presidida pelo Diogo. – Observa Joana. Todos evidenciam concordância nos seus semblantes.

– Não é por nada de especial, mas considerando a conceção e natureza do projeto, essa Comissão deverá integrar só elementos da nossa família, – declara Diogo – devendo integrá-la a Joana, os nossos filhos Rodrigo e Simão, o sobrinho Fausto e as sobrinhas Estela e Sandra, filhas dos cunhados Jaime e Céu. Será, de certeza, o germinar de um jardim humano, que nos alimenta e perfuma de grandes valores, sendo bem elucidativo e pedagógico em relação às questões básicas e vitais da equidade a que todos temos direito, independentemente dos diferentes níveis etários e de conhecimento.

– Para que esse tipo de alimento e de perfume aconteça, é preciso realizar muito trabalho, sem cansaço nem luvas nas mãos. – Declara Joana – Disse Augusto Cury que "todos querem o perfume das flores, mas poucos sujam as suas mãos para as cultivar". O jardim que o Diogo configura neste impressionante complexo também pode encarar-se como jardim da felicidade. Felicidade para quem o concebe e para quem usufrui dele.

– Excelente, Joana, – observa com enlevo Diogo – De resto, como também disse Ralph Waldo Emerson, em 1882, "a felicidade é um perfume que não podemos derramar sobre os outros sem que caiam algumas gotas sobre nós". E temos de ter liberdade e coragem para podermos imaginar, conceber e concretizar.

– Sim, se nessa perspetiva ainda quisermos parafrasear o historiador grego Tucídides, que viveu entre 460 e 404 a.C., o "segredo da felicidade é a liberdade" e o "segredo da liberdade é a coragem".

– Eu gosto tanto de ouvir falar a minha Joana! – Exulta a mãe de Joana – Há dias ouvi na telefonia, na rádio, uma entrevista em que se falava do interesse da escola e de um escritor português, de nome Guerra Junqueiro. Até fiquei com as datas do seu nascimento e morte na cabeça. Nasceu em 1850 e morreu em 1923. Ainda viveu 73 anos. Então, esse escritor dizia que "a escola é a única alavanca capaz de elevar o povo ao nível da moral". Mas a gente também sabe que há pessoas que sabem muito, estudaram, mas são ruins. Há os bons e os maus. Mas também conhecemos pessoas que nunca estudaram que têm um bom coração. Também há os bons e os ruins. – Todos se manifestaram numa súbita e estrondosa ovação de palmas à mãe de Joana. Jaime, casado com a irmã de Joana, e César, irmão de Joana, gritaram os dois, quase ao mesmo tempo, por mais vinho.

– Lembro-me, quando ainda era pequena, que me chamavam o nome de uma flor... – recorda Joana, muito feliz com a alcunha.

– Pois era, filha, – relembra a mãe – chamavam-te a "papoila".

– E eu também fiz um poema a essa flor, à "papoila"! – Informa Diogo – É um soneto. Querem ouvi-lo? Tenho-o na ponta da língua.

– Venha lá esse soneto! – Pede Jaime.

– Venha lá esse poema! – Pedem todos ao mesmo tempo.

Diogo bebe mais um volumoso gole de vinho, põe-se de pé, fixa docemente Joana e declama o soneto.

– À PAPOILA

Só na carnalidade das palavras

Saboreio o perfume desse olhar,

O suor no carinho e no dançar,

Primaveras sublimes que em ti lavras.

Os aromas dos sonhos que me guardas,

Os prazeres que gozas a falar,

Os encantos que emites a gozar,

Sinergias dos beijos que me bradas.

A linguagem do corpo que me enlaça

Em paisagens revoltas como o mar,

Mar de sexo e beleza numa taça.

Eis a minha flor, bela e sem igual,

Que encheu com lindos dois botões a casa,

A Papoila do Cimo do Casal!

Todos exultaram com o poema. Joana foi surpreendida com o soneto e ficou um pouco arrepiada com algum vocabulário e conceitos nele expressos. Fitava, meio envergonhada, sobretudo a mãe, a irmã, o irmão, a cunhada, casada com o irmão, o cunhado, marido da irmã, depois também os restantes convidados, o próprio marido. Receava de todos uma interpretação e uma reação menos simpáticas.

— Não percebi bem algumas coisas, mas achei o poema engraçado, diferente daqueles poemas que se dizem por aí... — declarou a mãe de Joana, a sorrir numa doçura algo angélica, deixando todos espantados com a inimaginável manifestação. Os semblantes de todos, perante a apreciação da mãe de Joana, voltaram de novo ao seu estado normal. Só Joana se mantinha apreensiva e algo incrédula no que observava.

— O Diogo diz tudo o que lhe ocorre, com palavras bonitas, portanto, ninguém o pode levar a mal, antes pelo contrário, só devemos é ficar-lhe agradecidos, porque também nos põe bem dispostos. É uma caixinha de surpresas, o Diogo! — Afirma Jaime, numa voz bem timbrada e não traída pelo muito vinho e misturas que já consumira. Diogo perscruta o ar de todos, muito atento e ostentando um ar respeitosamente solene e sorridente.

— Fico sempre imensamente maravilhada e feliz com a ternura e as encantadoras manifestações com que o Diogo me surpreende, presenteando-me e mimando-me até ao fascínio. — Esclarece Joana, um pouco embaraçada pela doce sugestividade e provocação do poema. – O Diogo é muito expressivo e sabe medir o impacto das palavras e dos conceitos nos diferentes contextos, consoante o tipo de recetividade e de envolvência que observa num determinado ambiente. Como até a minha mãe achou graça, fico tranquila e rendo-me à evidência. – Todos soltaram gargalhadas de contentamento.

– O Diogo diz sempre tudo muito bem. – Declara bem alto Jaime – É na missa, já o ouvi partilhar leituras na missa, é em conferências, é nos nossos encontros entre copos, pode dizer mesmo aquilo a que as pessoas chamam de asneiras, mas sem um único palavrão! Sabe usar muito bem as palavras para dizer aquilo que quer. Como é professor, habituou-se a ser assim... digo eu, não sei... – Diogo e Joana sorriem. A mãe de Joana também. Os restantes também vão sorrindo.

– Venha mais vinho! Venha mais vinho para brindarmos. Para brindarmos ao projeto e à felicidade que todos desejamos para todos. – Pedem Jaime e César, a sobreporem ligeiramente as vozes um ao outro.

– Vamos jantar. – Diz a mãe de Joana, num ar imperativo e afável. A mãe e a irmã de Joana, e a própria Joana, começam a servir uma sopa substancial. A seguir vem o gostoso maranho com hortaliça, plangaio e mais enchidos, fatias de carne assada no forno, o apetitoso pão amassado pela mãe de Joana e cozido no forno a lenha, não faltando na mesa água e o imprescindível vinho do cunhado.

– E não há mais vinho. – Diz a irmã de Joana.

– Isso querias tu! – Diz Jaime, lendo no olhar de todos os homens a necessária concordância consigo.

– Não consigo levar a água ao meu moinho... – diz a irmã de Joana, contrafeita, mas a sorrir. Inicia-se uma farta refeição e regada ao mesmo nível com o vinho do cunhado. No cruzamento animado de conversas, ainda vem à colação a "papoila", o belo e algo insinuador soneto, carinhosa e delicadamente atrevido no que enuncia ou sugere.

– FLORES PARA TI QUATRO, AMOR A CINCO! – Diz Diogo, silabando bem todas as palavras e fixando com ternura Joana, sentada à sua frente, no outro lado da mesa, entre a mãe, à sua direita, e a irmã, à esquerda, aproveitando um ligeiro vazio nas conversas que, cada vez mais acesas, se iam cruzando na mesa. Diogo está sentado entre Jaime e César. A frase de Diogo, cuidadosamente acentuada numa voz igualmente bem timbrada e colocada, provocou em todos um silêncio que só a curiosidade impõe. Apenas se ouve a faina dos talheres nos pratos sob os olhares inquiridores e expectantes para Diogo.

– Isso quer dizer o quê? – Pergunta Joana, numa voz suave e a sorrir, mas evidenciando alguma timidez. – O que é que vem aí?...

– Olha, se calhar quer dizer que está seco. – Diz Jaime, a rir, enchendo-lhe o copo, que estava, anormalmente, vazio.

– Obrigado, Jaime. Eu já estava a ver que começava a morrer de sede.

– Estávamos todos entusiasmados com as conversas... – justificou César – Até nos íamos esquecendo de molhar o canal da sopa. Riram todos, a gargalhar de bocas escancaradas. Mas mantinham-se todos ansiosos por saber o que significava a frase "FLORES PARA TIQUATRO, AMOR A CINCO!".

– A frase "FLORES PARA TIQUATRO, AMOR A CINCO!" Pede uma explicação... eu não sei... o que quererá dizer?...– Procura indagar a cunhada de Joana, visivelmente sedenta da explicação, olhando para Diogo e para Joana.

– As "FLORES PARA TIQUATRO", ainda podemos entender como sendo quatro flores que são oferecidas a alguém... Mas "AMOR A CINCO!"?... – Reflete a irmã de Joana, num sorriso envergonhado. Joana olha Diogo, como que receosamente a inquiri-lo. Diogo vai registando a força e o alcance da curiosidade de cada um até encontrar o momento certo da sintonia possível de todos para poder satisfazer-lhes a já enervante curiosidade.

– É estarmos a ter relações com uma pessoa e a pensar em mais três ao mesmo tempo?... – Adianta Jaime, o que fez surgir alguma escandalização por parte de todos, menos dele próprio e de Diogo.

– Estás doudo, ó quê?! – Atalha imediatamente a irmã de Joana.

– Isso quer dizer que se pode estar a fazer amor com uma pessoa a pensar em mais três? – Questiona a cunhada de Joana, um pouco hirta.

– Até parece que isso não pode acontecer... – Diz o irmão de Joana, num ar redicularizante.

– Então eu, nessas situações, não sou eu só para ti?! – Pergunta a cunhada de Joana ao marido, exasperada.

– Olha agora? Só estamos a falar... é uma coisa que pode muito bem acontecer... – Responde o irmão de Joana, embaraçado.

– Eu quando estou a fazer amor contigo, não penso em mais ninguém...! – Replica a cunhada de Joana, com determinação.

– Bem... não vão agora aborrecer-se por causa de uma frase que, se calhar, só foi dita pelo vinho do cunhado... – Atalha a mãe, inteligentemente. Entreolham-se todos, sem coragem para contrariar aquela justificação, que lhes parece inequívoca.

– Bem, meus queridos todos, ilustres senhoras e senhores, vou explicar tudo, mas numa fórmula poética. – Adverte Diogo, bebendo e degustando mais um gole do encorpado vinho do cunhado e apurando a garganta. – Sabem que, nos dias de hoje, a generalidade dos casais não tem a saudável paciência para eliminar rotinas. Casam-se, acomodam-se, deixam que a mútua curiosidade em continuarem a descobrir-se comece a desvanecer-se. O imaginário de cada um dos elementos do casal começa a definhar-se, o interesse físico de um pelo outro vai baixando e chega a dissipar-se. Aquela química que uniu os dois acaba por morrer à sede e à fome do elixir do amor, prisioneira de orgulhos e egoísmos, da insensatez e incompetência para amar e ser amado. Viver a dois só é fácil e constitui felicidade para ambos, desde que ambos sejam capazes de se manter criativos na sua relação e interação, inovadores em cada dia que passa, permutando naturalmente saberes, cultura, sabendo ouvir-se um ao outro, explicitando sempre a razão de qualquer incómodo ou mal-entendido, e nunca deixarem camuflar seja o que for e que possa molestar o seu relacionamento e intercompreensão. Há a cultura da escuta, que ambos têm de cultivar, exercendo-a sem medida. Ambos têm que saber buscar, inventar, imaginar processos e formas de alimentar a tal química, conservando-a, revitalizando-a, com o viço irresistível que as primaveras vestidas do multicolorido verde transporta e nos agarra. Flores para Tiquatro, Amor a Cinco, – fixando Joana – é porque sempre és para mim uma mulher com quatro comportamentos, como que simulando, ou sendo mesmo, quatro tipos de relacionamento emocional e afetivo distintos, como vamos observar no poema. Amor a Cinco, sendo tu quatro e eu um, quando fazemos amor nesta perspetiva, só pode ser a cinco... – Joana, atónita com a descrição de Diogo, leva as mãos à cabeça e aos olhos, evitando ver as caras de espanto à sua volta. Diogo põe-se de pé e desfaz o espírito de inconveniência que se afigurava começar a pairar naquele belo convívio. Faz um sinal de muita ternura a Joana, pedindo-lhe descontração e tranquilidade, atenção e registo, certificando-a no olhar de que ela vai gostar.

– Escrevi este poema no Hotel da Corticeda, – informa Diogo, olhando para todos, em especial para Joana – numa noite, já de madrugada, em que lá ficámos, eu e a Joana, e agora, com a licença de todos, vou procurar recitá-lo com muito sentimento e alegria.

FLORES PARA TIQUATRO, AMOR A CINCO!

Adoro esta feliz poligamia

numa só que escolhi para viver

P'ra com ela ter mais e mais prazer

Numa em quatro a fruir ao mesmo tempo,

Num segredo fecundo que me fala.

É letífico amar nesta magia

O elixir de com quatro amor fazer

E nas quatro este sonho alvorecer

Um luar que nos brada um sol imenso

E nos canta baixinho em alvorada!

Há fascínio e surpresas noite e dia

De mãos dadas em busca do mais-ser

Com amoras doiradas... a chover...

Liberdade-verdade-paz-silêncio...

Num sopé que nos guinda em madrugada.

Há beleza, ternura e fantasia

A sorrir, sem rotinas, com saber,

A beijar primaveras a nascer,

Que estes cinco extasia no que acendo

Nesta linda pousada que nos guarda.

Viajando em vagidos de harmonia,

Em perfumes e sons a conviver

Numa em quatro a dormir e a amanhecer

Num excelso e tão belo sentimento:

Amante-Esposa-Noiva-Namorada.

Num voo, Joana saltou do seu lugar, deu a volta à mesa a correr como uma adolescente ansiosa e atrevida e foi abraçar muito Diogo, num beijo efusivo e longo, com uma graciosidade feminina híbrida de adultez e pré adolescência apaixonada. Diogo envolve-a nos braços com um extremo carinho. Boquiabertos, todos batem palmas, felizes com as surpresas do casal feliz.

– É preciso ciência e arte para darmos asas ao nosso imaginário bom e concretizá-lo. – Assevera Diogo – "É preciso sentir a necessidade da experiência, da observação, ou seja, a necessidade de sair de nós próprios para aceder à escola das coisas, se as queremos conhecer e compreender." (Emile Durkheim).

– Isto porque "a Ciência é a razão do Mundo, a Arte a sua alma" (Máximo Gorki), – prossegue Joana.

– Sim, pensador esse que também sustentou, em 1936, que "a felicidade parece pequena quando a temos, mas quando a perdemos é que aprendemos o quanto é preciosa" – continua Diogo.

– Assim, nesta aceção, também parafraseando outro pensador e autor, Gotthold Ephraim Lessing, a "finalidade da Ciência é a Verdade" e a "finalidade das Artes é, pelo contrário, o prazer" – intervém Joana, feliz, também por observar a mãe e todos os presentes embevecidos com a sua eloquência entrosada no saber e no conhecimento de Diogo.

– Por isso é que tivemos aqui o prazer de nos deleitar com a ciência e arte de bem cozinhar das mãos inteligentes e do afeto e carinho desmedidos da mãe e da irmã de Joana, – conclui Diogo – num belo e gratificante convívio, num maravilhoso banquete, com almoço, merenda e jantar, regado com o não menos fabuloso "vinho do cunhado", numa alegria que só a felicidade de estarmos juntos nos pode proporcionar.

— Ai Diogo, a gente sempre quer estar bem... com os nossos e com todos... ganhamos assim uma força mais rica. — Salienta a mãe de Joana, numa voz suave, lisa e convicta.

— Isso é muito bonito! É a maravilhosa simplicidade e naturalidade no ser e no fazer acontecer! — Aprecia de imediato Diogo. A mãe de Joana deixa transparecer no rosto um certo rubor e perplexidade de agrado pelas palavras do genro. Parece que todos se sentem tocados pelos conceitos e entoação das palavras, num timbre e explicitação persuasivos. Já no momento das despedidas e dispersão de todos os participantes na frutífera festa deste grande dia.

— Somos todos gente que reza e que vai à missa... não podemos ser ruins uns com os outros... — Reflete a mãe de Joana, granjeando olhares de assentimento.

— Na realidade, — intui Joana — só somos fracos, inúteis, pobres de ideias e ações, infelizes, quando ansiamos ou alcançamos resultados por processos imediatistas e fáceis...

— E que, pelo contrário, — continua Diogo — se quisermos ser fortes, úteis, ricos de grandeza humana, com essas ideias e ações, felizes, isso só pode acontecer quando, para atingirmos objetivos promotores do desenvolvimento humano e do progresso, escolhermos e seguirmos o caminho da vida, da alegria, da paz, da competência pessoal e social, com suavidade na forma e fortaleza nos princípios da afirmação da nossa integridade e dignidade, sem nos deixarmos invadir por perversidades ou intromissões nocivas que ponham em causa o nosso bem-estar.

— Que ponham em causa o nosso bem-estar pessoal, social, de cristãos... Temos de ser capazes de ser felizes e de promover a vida, vivendo e sorrindo sempre à Vida! — Acrescenta Joana. Perante este vivo e cativante diálogo, com toda a gente já de pé nas despedidas, suspensas em cada intervenção, Diogo, com a sua peculiar elegância, atrasa essas despedidas, como que para fechar a festa com uma chave especial e vivificante.

– Esperem um pouco mais, por favor. Deixem-me fechar com "chave de ouro". – Pede Diogo – Porque viver é sorrir sempre à vida, deixem-me dizer este poema meu, que a Joana acaba de me sugerir.

Viver é sorrir

Ao vento que passa,

Voar numa taça

A cor do fruir.

Viver é marchar

No tempo a fugir,

Sonhar a cair,

Subir a sonhar...

Viver é partir,

É rir e chorar,

É saber voltar

E não desistir...

Tornar a partir

Sem nunca parar...

É participar

Na vida a sorrir!

Diogo usa com frequência a poesia, porque sabe e sente que a poesia é sensibilidade e eloquência, elegância, mordacidade e contumacidade, sagacidade intelectual para sugerir, provocar, impressionar, extasiar... É a arte de interpretar o sentir e o pensar, ou de escrever e dizer o que se sente e pensa, finge ou imagina, numa dimensão intercompreensiva e materializável num doce, agridoce ou cruel contexto filosófico e imaginário que sublimemente se concebe ou deseja alcançar. Em suma, a poesia pode ser a arte de interpretar sentimentos e pensamentos, ou de escrever e dizer o que nos enche a alma e o coração, a loucura e a razão da quotidianidade circunstancial que cada um de nós é, que todos somos.

V – NAS POUSADAS DE PORTUGAL

Uma viagem é um porto de abrigo, de descoberta e de imaginação inovadora que se anseia e que se procura, cuja direção certa tantas vezes nos é difícil encontrar e definir, com a reconquista do desejável alento que nos possa devolver ao bem-estar e qualidade de vida, à abundância sensorial e cognitiva, à absorvente forma de relacionamento e interação... que uma espécie de gatuno tsunâmico, diluviano e catastrófico por vezes inesperadamente nos assalta, nos rouba e imobiliza, pondo-nos inermes mergulhados no abismo. Uma viagem pode ocorrer a seguir ao acordar de um terrível pesadelo e, subitamente desolados, acharmo-nos num mundo real mas ínvio, sem sol e sem lua, onde o imensurável universo nos parece caber apenas no alcance das nossas mãos... Viajar pode ser um livro único que se lê, que se impõe ler, que nos reativa e retempera a vida, que nos reconforta e revitaliza quando, por qualquer razão, nos procuramos reencontrar e fazer a vida reganhar sentido, o que nos pode reinspirar à descoberta e a não renunciar a nada, tornando-nos saudavelmente destemidos a não temer sequer a crueldade do desconhecido e do novo que nos vai surgindo, e que vamos sendo obrigados a aprender a entender. Reaprender a olhar e a utilizar o adquirido na imensurabilidade do observável e das nossas capacidades e competências para inteligir o universo inesgotável de informação que se pode aprender a contemplar numa diametralmente oposta perspetiva, é um novo mundo de descoberta, onde emergem oportunidades de mudança e que se multiplicam à medida que se conseguem agarrar, transformando pessoas e instituições, revolucionando mentalidades e redimensionando a forma de ver e interpretar o inexorável mundo das coisas e das universalidades, da humanidade e respetiva humanização, do entendimento e promoção do desenvolvimento e progresso global e cosmopolita.

Viajar à procura de soluções é partir sem destino, com a ideia das ancestralidades e da alargada e aprofundada evolução cognitiva e do pensamento debaixo do braço, desde o fundo dos tempos, passando por acontecimentos, grandes pensadores e autores, cujo infindável número não cabem neste contexto, referindo apenas Parménides, Confúcio, Sun Tzu, Séneca, as diferentes escolas filosóficas, a tríade Sócrates-Platão-Aristóteles, Santo Agostinho, São Tomás de Aquino, Descartes, passando por Berclay, Hume, Rousseau, Diderot, Voltaire, Goethe, Marx, Freud, Husserl, Merleau-Ponty, Ortega y Gasset, Marie Curie, Einstein, Durkheim, Foucault, Saint-Exupéry, Bertrand Russel... Deixando-nos viajar assim, numa coevolutiva e batsoniana abrangência, as descobertas e as consequentes vantagens nas boas ações e nas vitais fertilidades que nos caraterizam e em que incorremos, podem significar o entrar num mundo novo, livre, vivo e mais promissor.

Não obstante nascermos livres, ao longo da vida vamo-nos deparando com obstruções e algemas em toda a parte e em todos os lados... E é só com coragem e liberdade que vamos descobrindo e inventando alternativas para conseguirmos ser felizes, apesar das dificuldades que às vezes se nos atravessam no caminho, levando-nos quase sempre a sentirmo-nos os únicos infelizes ou a julgar os outros mais felizes do que nós, mais felizes do que realmente o são. Mas no meio das dificuldades residem sempre oportunidades que às vezes o nosso desalento não permite ver e aproveitar... Também tantas vezes nos debatemos com problemas que, por diversíssimas eventualidades, não queremos enfrentar, até nos recusamos a pensar neles, amofinamo-nos e camuflamo-nos nesses problemas, porque não os entendemos, nem nos esforçamos por compreendê-los.

As intempéries complexas que a vida nos reserva e com que nos surpreende podem relegar-nos para estados de alma confusos, aparentemente sem solução, que nos submergem numa funesta ou numa letal incompetência para sobreviver. Podemos nascer felizes, crescer felizes, mas, por acasos diversos e inexplicáveis, a infelicidade pode aparecer, sendo infelicidade para uns e felicidade para outros. Só conseguimos reconquistar a verdadeira felicidade quando colocarmos a nossa força na reanimação dos outros, quando o conceito de amar significar colocarmos a nossa própria felicidade na felicidade dos outros, numa dimensão do pensamento de Pierre Chardin (1881-1955).

No entanto, a caminhada pode ser longa, árdua e às vezes inconclusiva, quando feita implícita e suportada no teórico ensino-aprendizagem, podendo ser esse percurso mais rápido, mais seguro e mais produtivo se nos servirmos da eficiência e da eficácia dos exemplos teórico-empíricos vivos. Imersos em tudo o que a naturalidade das grandes viagens sem prévia preparação, recuperamos uns tesouros e conquistamos outros, inclusive chegamos a refletir formas de acordar ou criar uma maior consciência para despertar comportamentos em relação à acessibilidade física, social, intelectual, num plano de usabilidade onde todos possam, justa e legitimamente, ter lugar. Por vezes, parafraseando o escritor romano Séneca (3 a.C.-65 d.C.), não é por as coisas serem difíceis que nos falta a necessária ousadia, mas é antes por não termos ousadia que as coisas se nos apresentam difíceis. E Goethe também nos vem alertar, recomendando-nos que, seja qual for o nosso sonho, comecemos, porque a "ousadia tem genialidade, poder e magia". Devemos procurar a beleza das coisas no nosso espírito e no nosso coração, na nossa indissociável envolvência com elas, nos nossos processos de relacionamento e interação, no coração e na razão, na consciencialização do que representamos na edificação e dignificação civilizacional, construindo sociedades escorreitas e cabendo todos no seu seio e no seu abraço fraterno, os que incansavelmente vão à frente a descobrir e a fazer e os que vão atrás a criticar, invejosos ou sem horizontes.

Mesmo que não tenhamos definida nenhuma meta a alcançar, a simples viagem sem destino em que nos metemos, em última análise, é o que essencialmente mais nos pode interessar, para nos reposicionarmos em tranquilidade e paz connosco e com os outros, com o maravilhoso mundo da vida, apenas ameaçado por aqueles que, com a sua apatia, passividade ou acriticidade, permitem nele engrenar a maldade e a crueldade, a desordem e destruição, em que, também numa interpretação einsteiniana, as caraterísticas da nossa época são a perfeição de meios e a confusão de fins.

Não podemos resolver um problema ou problemas a partir da razão ou consciência que o originou, antes precisamos de ver com outros olhos a nova forma e o esplendor de um mundo novo que nos é oferecido. Não podemos ser medrosos, indecisos e pessimistas, nem ter receio das coisas e do próprio coração, porque, ainda que seja por vezes a intuição a pressionar-nos, a intuição é sempre o olhar do coração. Secundando Saint-Exupéry, nada de fugas, porque a fuga nunca nos leva a lado nenhum... Além disso, em cada um de nós, "há um segredo, uma paisagem interior com planícies invioláveis, vales de silêncio e paraísos secretos". Há sempre um horizonte vital em que persistimos envolvidos e ativos, através do qual devemos procurar orientar a nossa vida e continuar a sonhar, abraçando e vivendo a vida num abraço de razão e emoção, lógica e sentimento, saudade e esperança, empenho e criatividade, desempenho e sucesso, inovação e felicidade.

Mudar de sítio e de preocupações, viajar sem destino pré-determinado, fruir nos diferentes lugares a vida, a geografia humana, o património histórico e cultural, científico e tecnológico, artístico e educacional, fazer férias em movimento e repousar em estâncias paradisíacas, foi a opção de Diogo e Joana em agosto de 2009. Diogo estava a refazer-se nos resultados de um acidente irreparável que há uns meses o deixara desprovido da modalidade sensorial mais absorvente do ser humano, a visão. Diogo teve de reunir forças biopsicossociais e biossociocognitivas para enfrentar os novos desafios que a vida lhe destinara. O casal sempre foi plenamente coeso no responder em conjunto a grandes desafios. Aliás, Diogo sempre dizia que a um desafio, para sobrevivê-lo e suplantá-lo, só se responde com mais desafios. "A igualdade nasce não porque todos somos iguais, mas porque usamos as nossas diferenças para suprir as necessidades uns dos outros e para promover a harmonia e a solidariedade", como escreveu o médico psiquiatra, psicoterapeuta, professor e escritor Augusto Cury, nascido em 1958, em São Paulo, no Brasil, e que fundou um Instituto com o seu nome em Ribeirão Preto. Este é um dos pensamentos que unem Diogo e Joana, mas em que a participação social e a partilha assumem uma privilegiada preponderância na sua forma de aceitar a vida, nas posturas e atuações para torná-la mais reconfortante e revitalizante, na sua natural reciprocidade, em que as manifestações nas palavras e nas ações têm a mesma língua e igual dignidade.

Na Pousada Espada de Santiago, a última Pousada onde jantaram, pernoitaram e tomaram o pequeno-almoço no final de férias, algo de aparentemente insólito os desagradou. No jantar e no pequeno-almoço/buffet, só havia homens a atender e a servir os numerosos clientes. Eram três empregados: um gordo com ar de patrão, um mais jovem aparentando um comportamento de imediato e outro, o mais baixo e coxo, que andava como impedido ou marinheiro TFD, num virote impressionante, a servir às mesas.

Diogo, que recentemente sofrera um acidente de cavalo, ficando cego de ambos os olhos (o sonho constrangedor que teve no Monte da Odisseia veio a confirmar-se), não se sentiu nada agradado com o facto de uma pessoa com problemas de mobilidade andar com pesos e apressadamente a servir as muitas mesas, cujos ocupantes já começavam a exasperar devido a alguma demora verificada na concretização dos atendimentos. Eram bastantes clientes para apenas um empregado a servir. Diogo sempre fora imensamente crítico em relação a comportamentos por parte de certas pessoas escorreitas com as pessoas com qualquer desvantagem ou incapacidade. Para uns, as pessoas com deficiência são erupções da sociedade que chateiam, que lhes molestam o bem-estar, ou são pormenores sociais desprezíveis, ou algo a negligenciar no plano das atenções ou, simplesmente, a ignorar. Para outros, são exemplos vivos de sucesso, autênticas revelações nos vários domínios do conhecimento, contudo, são tratados num contexto de "apartheid" (cresçam, mas, por favor, não se aproximem). Raramente há quem olhe e conviva com as pessoas com deficiência num verdadeiro sentimento de naturalidade em relação à equidade e validade de competências pessoais e sociais, no exercício de funções aos mais diversos níveis.

Diogo começou a sentir e a testar, a investigar e a comprovar estas realidades "desde que se conhece", como ele próprio afirma. O acidente não lhe modificou a capacidade de análise, a sagacidade intelectual e o caráter íntegro para observar os outros e considerá-los, independentemente do seu grau de inteligência, escorreição física, sensoriocognitiva, neuromotora ou de outra índole qualquer.

– Joana, minha querida, bom dia, vida! – O cumprimento matinal que ambos sempre trocam entre si todos os dias, ao acordarem, mas que, naquele dia, também aconteceu depois do pequeno-almoço e ao reentrarem na suite.

– Bom dia, vida! – Responde Joana.

– Estamos de saída, minha linda, desta opulenta e mágica suite, mas, estranhamente, com uma sensação irrigada de algum desconforto crítico ante uma mistura emocional da capacidade e da mobilidade, numa confusa e entusiástica atitude de simpatia no servir com profissionalismo.

– Estás a pensar no amável senhor que nos serviu ontem ao jantar e hoje ao pequeno-almoço?! – Indaga Joana. Diogo assentiu, como que pondo os olhos na magia do horizonte que se abre para além da ampla janela sobranceira à escarpada mas misteriosa encosta.

– Há um provérbio de origem desconhecida que nos diz que "não precisamos da pena de ninguém, mas da compreensão de cada um" – prossegue Joana.

– Sim... e eu tenho essa vital compreensão. Só que, o efeito de certas constatações nem sempre nos deixa impávidos e serenos. De resto, e de acordo com Ricardo Fonseca, deficiente visual pioneiro no exercício da magistratura no Brasil, numa entrevista dele que li há tempos, "a condição humana é, em si, uma condição de deficiência. Mas essa condição também carrega em si um poder de superação das limitações. Então temos que confiar nesse potencial humano que todos nós temos" – atalha Diogo, incisivo.

– Claro. Estou plenamente de acordo contigo. Não podemos ficar indiferentes perante tudo o que nos rodeia, sobretudo o que nos perturba o bem-estar. A nossa indiferença para com os outros, por exemplo nessas circunstâncias, pode vir a ser-nos retribuído com juros internos e externos... – Acrescenta Joana, no seu natural encanto na doçura de inteligência e de intercompreensão. – São, meu querido maridão, já muitos anos de uma vida em comum! Dois filhos, filhos de duas metades, nós, que a vida uniu para também, pelo que se tem visto, promovermos a união e compreensão no relacionamento e interação com os outros.

– Até parece que o léxico de cada um de nós também se uniu... Falamos das coisas numa linguagem bastante semelhante... – Adianta Diogo, a sorrir de agrado. – Esta sintonia, entre nós, é porque há uma consciência que temos vindo a formar em conjunto em relação a direitos e deveres, defendendo direitos e cumprindo deveres...

– Bem cientes deles, aliás, direitos... deveres... deveres... direitos... – Sussurra Joana, abraçando Diogo, entrelaçando-se na cama desfeita e ainda perfumada da sua noite. "O amor dita e ordena", aspira Joana, "estes beijos escrevem a nossa paixão e desejo monstro", intercala Diogo, por entre os sons da linguagem do amor, "escrevem secretos comportamentos, segredos do coração", tartamudeia Joana por entre os choaques do prazer que já domina as duas sensuais metades, numa linda unidade de reciprocidade de entrega indissociável.

O carinho, a sensualidade desmedida, a doce volúpia irresistível toma conta de ambos, o ambiente apelativo à mútua manifestação de amor dá lugar a uma intensa e prolongada sessão de um substancial e perfeito requinte sexual, num gostoso e delirante descontrolo de vagidos e de êxtase na realização e consumação de prazer. É sempre um risco em que se incorre, sobretudo quando parecem desvalorizar-se habituais condutas humanas em que só a razão é suposto imperar. O tempo já se afigura demasiado diminuto para saírem da Pousada no tempo que as normas e a desejável tranquilidade aconselham. Mas o fazer amor não é apenas uma técnica de autossatisfação momentânea, aparentemente só física, fisiológica, é, ao mesmo tempo e subliminarmente, valorização e realização da pessoa humana, escorreitamente humanizada numa hipersensibilidade de corpo e alma intersecionáveis, que só o inexpugnável, inexcedível e maravilhoso império sensoriocognitivo pode provocar e concretizar. O que se faz, e a naturalidade como se faz, nunca pode constituir nenhum tipo de indiferença para quem o faz, num revitalizante reconforto e retemperança biopsíquica, mental e intelectual, da inteligência emocional, do bem-estar e qualidade de vida do casal. Já Ovídio (43 a.C.-17-18 d.C.) sustentara que "no amor nunca se precisa apressar o prazer". É sempre mais prudente e profícuo ceder à espontaneidade ditada pela natural reciprocidade de compatibilidades que as circunstâncias fazem acontecer. A seguir ao imensamente estrondoso clímax, adormeceram languidamente abraçados. Acordaram já passava do meio-dia e meia, hora a que deveriam estar a sair. Informaram a receção de que se haviam atrasado uns minutos, tomam um duche rápido, vestem-se e despedem-se da suite num beijo longo e envolvente, visivelmente apaixonado e voluptuoso.

— Li algures que "nada é pequeno no amor. Aqueles que esperam por grandes ocasiões para demonstrar a sua ternura, não sabem amar". Nós não escolhemos as ocasiões para as nossas manifestações de amor — diz Joana, fechando a porta. Diogo abraçou-a muito.

— Nós contrariamos grandes princípios de natureza epistemológica e filosófica, pela nossa forma de ser e de estarmos juntos. — Diz Diogo ao entrarem no elevador — Somos muito como os passarinhos, começamos cada dia a cantar num "bom dia vida" recíproco, com música... A música alimenta-nos o espírito. Também li não sei onde que devemos cantar, cantar sempre qualquer coisa, mesmo que desafinados, porque cantar dilata os pulmões, num esplendoroso e saudável exercício de respiração, e abre a alma para tudo de bom que a vida tem para nos oferecer. Mas se não conseguirmos cantar, ouçamos, ao menos, muita música e deixemo-nos absorver por ela, viajando num imaginário que ela mesma nos entrega. Mais: devemos rir-nos da vida, dos nossos problemas, de nós próprios, somos mais felizes à medida que somos capazes de rir de nós, das coisas boas ou desagradáveis que nos acontecem, das estultícias que já cometemos, contagiando todos à nossa volta com a nossa alegria, bom humor, fortalecendo-nos a nós e aos outros... – Diogo é interpelado por Joana a chegar quase ao fim da viagem de elevador.

– Ligaste um turbo, maridão! Ler também coisas positivas, bons livros, poesia, porque a poesia é a arte de aceitar a alma, ler romances, a Bíblia, estórias de amor, ou algo que nos faça reavivar os nossos sentimentos mais íntimos e mais puros... – Mas Diogo também a interrompe a gracejar.

– Sim, sim, coisa linda, não esquecer a prática de desporto...

– Já fizemos umas estrondosas e deliciosas acrobacias hoje – intercala Joana a gargalhar.

– É maravilhoso encararmos todas as nossas obrigações com satisfação, pondo amor no que gostamos de fazer e no que está ao nosso alcance para reparar ou transformar em dignidade. – Acrescenta Diogo, já fora do elevador, baixando a voz do entusiasmo.

– Mais! Maridão! A dinâmica da vida está no viver emoções fortes, e não mornas, mesmo que saiamos delas arranhados... – Apimenta Joana deliciada com o perfume afrodisíaco da conversa.

– Nunca podemos deixar escapar as irreversíveis oportunidades que a vida nos proporciona!

– Queres mais?! – Segreda-lhe Joana ao ouvido, sempre de mão dada.

– Sempre bom! Não há barreiras intransponíveis se nos dispusermos a lutar contra elas, com propósitos positivos, não permitindo a acumulação de problemas, resolvendo-os sem demora... – Joana aperta-lhe a mão, como sinal de que se aproximam da receção para pagar a estada, mas disfarçando um pouco, passeando-se pelo hall, protelando ambos discretamente o aproximarem-se da rececionista. Decidem-se. Pagaram, num sorriso e alegria contagiantes. Um lindo quadro da alegria e do sorriso que deixam no rosto e nos olhos da gente daquela receção.

– Há um poeta francês, do qual não me recordo agora o nome, que escreveu algo de significativamente importante sobre o amor, como isto: "o amor é um verbo impossível de conjugar dado que o pretérito não é perfeito, o presente pouco indicativo e o futuro condicional" – sustenta Diogo, já na rua, como que a despedir-se com Joana das férias que estavam a terminar.

– Isso é lindo! Mas o nosso amor conjuga-se no não deixar instalar rotinas e no não adiar dúvidas ou incompreensões, sem esclarecimento. Verbalizamos, agindo e interagindo. Estamos muito bem! A vida não pode só passar por nós. Nós, imaginando-a, promovendo-a e instaurando nela felicidade, é que temos de ir passando com a vida pela vida, vivendo a vida, com a sorte de ser com a encontrada metade certa e fecunda... – Perdendo o olhar até ao limite da lonjura do horizonte.

– É o nosso caso, minha querida "papoila", graças a Deus! – Afirma Diogo, acercando-se com Joana do carro e entrando nele. Partem devagar, descendo paulatinamente a encosta arborizada da cidade, mesclada de ancestrais acontecimentos e vivências ao longo da história política e social, local, do país, dos tempos em que a comunicação a distância se processava por intermédio de sinais de fumo, Palmela e Monchique parece que se entendiam assim.

Diogo e Joana mantiveram-se em silêncio durante uma boa meia dúzia de minutos, até saírem da cidade, em direção a Lisboa. Joana fazia uma condução calma, ao som de excelente música emitida pela RDP Antena 2. Algumas, poucas, quintas ladeavam a estrada por onde viajavam. O resto da paisagem parecia, em muito, deserta. Algumas pessoas de idade vagueavam pelas ruelas das pequenas povoações que iam atravessando. Outras pessoas já caminhavam apoiadas em canadianas. Ocorre a Diogo, em analogia, todas aquelas pessoas idosas com que se foi cruzando nas férias, pelo Alentejo fora.

– Podíamos parar por aqui e almoçar... que te parece, papoila linda? – Procura Diogo apalpar terreno, subtilmente.

– Boa ideia. Vamos já estacionar aqui mesmo o nosso funcional e confortável Mercedes. Está aqui um restaurante que parece estar a convidar-nos a entrar. A Tulipa.

– Uma Papoila a almoçar numa Tulipa... – Diz Diogo a gracejar.

– Uma Papoila e um envolvente Cravo a almoçarem numa Tulipa. – Completa Joana, também a rir.

Entram no restaurante, escolhem um cantinho para ficarem os dois mais à vontade a almoçar e a conversar. Diogo e Joana são um casal que fala imenso, como se se conhecessem há pouco tempo e cedessem à indómita curiosidade recíproca para saberem mais um do outro. Têm "sempre muita escrita para pôr em dia", como de hábito dizem um para o outro. Os próprios filhos e os amigos dos filhos costumam comentar essa singular maneira de um casal, os seus pais, se relacionar e interagir. Parecem namorados ou, então, duas pessoas de sexo oposto que adoram estar juntos. O facto de não pararem de falar, já sentados, fazia com que o empregado fosse passando por perto, mas hesitando em interrompê-los para lhes estender a ementa. Sentiram que isso estava a acontecer e suspenderam a conversa por uns instantes. Veio o empregado com a ementa, escolheram a comida e o vinho, continuaram a amena cavaqueira. Rapidamente começaram a ser servidos, com uma extrema simpatia do empregado e num requinte que muito agradou a ambos. O empregado colocou um pouco de vinho no copo de Diogo, para que este o provasse. Gostou e o empregado serviu os dois copos numa solene generosidade.

– Ideei um projeto, que me parece interessante, as nossas férias não nos pararam a imaginação, antes a ampliaram e fortaleceram, mas, como sempre, preciso de te ouvir, se achas bem... – Confessa Diogo, após uma meia dúzia de garfadas do substancial e apetitoso cozido à portuguesa que havia chegado à mesa e sido servido, e de um gole de um encorpado vinho tinto, maduro e de um bouquet perfeito.

— Mais um projeto, maridão?!

— Sim, é diferente do projeto "Aldeia da VIDA" ("Vida Inclusiva e Dignidade Ativa"), mas igualmente com uma finalidade semelhante, a inclusão. Algo de inovador também. Fundar a «Casa da Tiflologia», envolvendo para o efeito as mais-valias e sinergias humanas e materiais por aí dispersas.

— Mas a "Aldeia da VIDA", que significa uma aldeia para todos, onde há vida inclusiva e dignidade ativa... também é inclusão... — Interpela-o Joana, pretendendo certificar-se do que depreendera.

— Exatamente! Há tanta gente que parte triste e revoltada, ciente do tanto que sabe, que leva consigo e que poderia ter partilhado com os que vão ficando, sendo por vezes tesouros de sabedoria que se deixam falecer no inacessível... Deixamos, tantas vezes, numa desatenção desprezível e inadmissível, desaparecer arquivos e bibliotecas de utensilagem mental e humana únicos...

— Isso é verdade... mas então, e esqueces o amadurecimento da ideia que partilhaste no ano passado, naquele grande almoço e jantar em casa da minha irmã?!

— Não, não esqueço. Não podemos esquecer. Só que não é fácil encontrar o necessário financiamento de investidores que acreditem na ideia e queiram solidarizar-se com a sua materialização efetiva.

— Pode ser que um dia haja a possibilidade de se conjugarem e juntar as sinergias credíveis e sérias para levarmos por diante esse grandioso, digno e vivificante projeto... — Diz Joana.

— Esse projeto fica em banho maria... — Acrescenta Diogo, num ar contristado.

— Então... e a «Casa da Tiflologia»... achas que será um projeto mais fácil de implementar?

— Sabes, papoila linda, antes do meu acidente, eu nunca tinha pensado nisto com tanta sistematização e profundidade...

– Não precisavas... mas como és um espírito altamente criativo, também nunca baixas os braços... o que é excelente e estimulante para todos os que estão contigo, que te rodeiam... que gostam de ti, que te amam!

– Nas novas e estimulantes vicissitudes e circunstâncias que a minha vida académica me passou a impor desde a repentina mudança de universo sensorial, embora eu prefira continuar a denominá-lo visual, porque ver é conhecer, é saber, encontrei em mim outra consciencialização da problemática da cegueira e das formas possíveis de a ultrapassar. Volvido este tempo e a irreversibilidade da nova forma de observar e inteligir as coisas à minha volta, também nos planos da conceptualidade e da abstração, estou hoje ciente da premente necessidade do estudo, investigação e desenvolvimento da minha suplência multissensorial e da tifloperceptibilidade avançada que me tem feito exercitar uma outra forma sensorial e intelectual de olhar o mundo e as pessoas. De certo modo hipervalorizando tudo isto, acho que, muito justamente, devemos e podemos fundar e implementar a «Casa da Tiflologia: Ciência, Cultura e Inclusão».

– Como te conheço bem, a ideia é, com o exigível rigor, clareza, objetividade e coerência científica, passar a fazer-se investigação mais avançada na área da tiflologia... – Procura indagar Joana.

– É isso mesmo, minha querida! Desenvolver trabalho teórico-empírico e incorporar neste projeto a biobibliografia, ou seja a vida e obra, de pessoas cegas célebres no mundo, incluindo tiflófilos e tiflólogos normovisuais, em especial portugueses, claro, como Baltazar Dias, José de Sousa, António Feliciano de Castilho, Aniceto Mascaró, José Cândido Branco Rodrigues, João de Deus, José de Albuquerque e Castro, Joaquim Guerrinha, Filipe Pereira Oliva, Orlando de Jesus Monteiro, não esquecendo os estrangeiros Valentin Haüy, Nicholas Saunderson, Barbier de la Serre, Louis Braille, Helen Keller e tantos outros! O objetivo é desenvolver investigação avançada sobre o assunto, desde a gestação, desde o berço, mas assente na confirmação por verificação experimental ou comparativa, e não nos deixarmos ficar pela simples e habitual construção de categorias abstratas, análises e demonstrações formais ou dedutivas. O objetivo é também sensibilizar e envolver os media e a opinião pública nesta e noutras problemáticas afins ou semelhantes.

– Sim, realmente, há uma necessidade enorme de conhecermos conceitos e de sabermos lidar com eles, sobretudo aplicados às pessoas... – Adianta Joana.

– Quando nos referimos a uma pessoa com uma incapacidade qualquer, devemos fazê-lo fundamentadamente. Ocorre-me a propósito o expresso pela Organização Mundial de Saúde em 1995, alertando-nos de que, cada um de nós, deverá estar ciente de que se trata de uma cidadã ou cidadão «com limitação de atividade ou participação num ou vários domínios da vida, decorrente da interação entre as suas deficiências e o meio envolvente, resultando em dificuldades continuadas ao nível da comunicação, aprendizagem, mobilidade, autonomia, relacionamento interpessoal e participação social»... É claro que não nos podemos restringir à questão apenas numa dimensão médica, mas evoluirmos numa perspetiva socialmente alargada e inclusiva. – Esclarece Diogo.

– Mas não há ninguém que não tenha limitações, num ou noutro domínio, a um ou a outro nível... – Responde Joana – Para nós, esta definição da OMS encaminha-nos, de imediato, para a prospeção e mobilização de apoios e recursos para se ultrapassarem as obstruções à atividade e contextual participação dos cidadãos com estas problemáticas. E isso é um sentimento saudável para todos. Para os que têm os problemas e para aqueles que contribuem para a sua superação. E tu, desculparás, como cientista social que és, descobres sempre as melhores soluções.

– A propósito, – prossegue Diogo – parafraseando Karl Popper, no seu livro Em Busca de um Mundo Melhor, só há um caminho para a ciência ou para a filosofia: encontrar um problema, ver a beleza desse problema e apaixonar-se por esse problema. Eu encontrei esse problema, apaixonei-me por esse problema, tenho estado a formular esse problema e já elaborei um plano para investigar e chegar mais longe, equacionando propostas de solução para esse problema.

– Fico profundamente feliz por ti e por nós. – Declara Joana, num sorriso cândido, sedutor e incentivador.

– A «Casa da Tiflologia», necessariamente dotada de uma Direção Técnica e Científica, podendo essa Direção assumir-se na figura de Provedoria do polinómio "Casa da Tiflologia-Parceiros-Investigadores-Utilizadores", para cumprir objetivos que já tenho na minha cabeça. Antes de tudo, teríamos de ser capazes de fomentar e estabelecer parcerias para investigação e desenvolvimento de equipamentos tiflotecnológicos, no âmbito dos apoios a projetos, que existem por parte de organismos nacionais, europeus e internacionais. Teríamos de estudar, desenvolver e implementar processos de intervenção para o estabelecimento da necessária consensualidade educomunicacional na realização de uma aprofundada e continuada reflexão e implícito desempenho na estruturação de metodologias estratégicas sociocomunicacionais e sócio educativas para a intervenção precoce na infância e ao longo da vida, simultaneamente promovendo a natural inclusão e qualidade de vida das crianças, jovens, adultos e seniores cegos e com baixa visão e/ou em situação de risco, envolvendo as respetivas famílias, numa perspetiva preventiva, habilitativa e reabilitativa, numa organização e gestão inclusiva de serviços a prestar. – Elucida Diogo, com entusiasmo.

– E para pôr de pé e consolidar uma estrutura assim... é complexo?... – Indaga Joana.

– Para colocarmos de pé e incrementarmos esta estrutura funcional, – esclarece Diogo – teríamos de a alimentar com a criação de Cursos de Investigação e realização de Formação Pesquisacional e Investigacional em cooperação com centros de investigação de universidades nacionais e estrangeiras, eventualmente com altos patrocínios de organizações e empreendimentos financiadores e com encomendas de projetos investigacionais, por parte das mais variadas instituições públicas e privadas, mesmo de pessoas singulares. Neste sentido, haveria lugar à formação de Profissionais nas áreas da comunicação e da educação, da educação pré-escolar, da saúde, da reabilitação e da ação social, habilitando esses profissionais com as adequadas capacidades e competências pessoais e sociais para serem capazes de lidar proficientemente e num processo inclusivo com as por vezes complexas problemáticas comunicacionais, sociocomunicacionais e sociocognitivas das crianças cegas e com baixa visão, bem assim com os jovens, adultos e seniores condicionados por esse tipo de limitações sensoriais, com base em metodologias estratégicas de intervenção precoce, na infância e ao longo da vida, que viabilizem a comunicação recíproca mediante o recurso à comunicação aumentativa e alternativa, tecnologias e produtos de apoio e meios humanos auxiliares ou complementares de comunicação, visando, claro está, a progressiva e natural instauração da educomunicação, pedagogia e cultura para todos.

– Mas a «Casa da Tiflologia», com essa amplitude, poderia ser o embrião de algo mais complexo e extenso ainda. – Sugere Joana.

– Claro que a «Casa da Tiflologia» – adianta Diogo – poderia ser uma célula, ou um laboratório de um macro laboratório ou cidade educadora inclusiva, formada por várias outras células, laboratórios ou casas específicas para o estudo e investigação de outras áreas da deficiência, onde as diferentes e complexas questões da diversidade crescente de tipologias da deficiência requerem aprofundada investigação e enquadramento inclusivo na sociedade de todos.

– Estás a querer dizer que deveria haver um grande centro de investigação e desenvolvimento para as diferentes tipologias da deficiência.

– Isso mesmo. – Declara Diogo – Um Centro de Investigação avançada que pudesse contemplar, em termos de estudo, investigação e desenvolvimento científico, produção e validação de trabalho científico para a justa inclusão dos cidadãos com deficiência, de todos os tipos de deficiência, facilitando e promovendo a natural reciprocidade comunicacional e de aceitação entre os cidadãos ditos escorreitos e os com deficiência, numa dimensão sociocomunicacional, sociocognitiva e de intercompreensão. Bastava que as diferentes áreas dispersas por "capelinhas", no nosso país e no mundo, mas com objetivos comuns, dessem as mãos na realização de profícuos trabalhos conducentes às prementes e desejáveis soluções nas

176

diversas problemáticas para a inclusão das mesmas no mundo de todos nós, e que todos temos a legítima obrigação de ajudar a edificar e a consolidar.

– Eh, maridão! Eh, maridão! O que para aí vai já! O que acabas de dizer remete-nos para um mundo enorme e tão carente de investigação! Mas... a versatilidade científica... de certeza que a tens já muito bem esquematizada na tua cabeça! Aposto! – Diz Joana, profundamente embevecida e feliz com o exposto por Diogo.

– Tenho mesmo! Para a «Casa da Tiflologia», tenho tudo mais ou menos arrumado em dez passos formais, que são, no fundo, dez áreas funcionais desta estrutura. Se tiveres paciência... tenho o maior prazer em falar-te agora mesmo deles.

– Claro que tenho! Sabes que eu gosto muito dessas coisas! É da maneira que o nosso almoço vai ser mais recheado ainda! Ainda estamos em férias! Podemos, usufruindo desta bela refeição e da mútua satisfação na companhia um do outro, fazer um passeio inclusivo aqui mesmo. – Assevera Joana, divertidamente interessada na conversa, contagiando e incentivando Diogo com a sua calorosa disposição.

– Então... – Elevam e juntam num toque quase inaudível os dois copos e fazem um brinde com o encorpado vinho tinto – vou partilhar contigo, também tendo em atenção a tua sensibilidade e superior formação em Ciências da Informação e nas especificidades comunicacionais aumentativas e alternativas, a ideia que tenho para o potencial científico objetivo da «Casa da Tiflologia».

Num primeiro passo, procuraremos aprofundar conhecimentos sobre a fisiologia do tato, pesquisando e investigando a exata medida da amplitude da banda de transmissão através desta modalidade sensorial. Em seguida, num segundo passo, preocupamo-nos em pesquisar e investigar sobre a leitura do braille e a perceptibilidade tátil, fatores biomecânicos influentes na leitura ou no reconhecimento e identificação tátil da maior e possível diversidade material. No passo seguinte, o terceiro, vamos investigar e definir um novo conceito da exata dimensão psicofisiológica, perceptivo-motora e sensório-intelectual da tatologia. No quarto passo, vamos investigar e aferir as potencialidades comunicacionais no desenvolvimento da hapticidade e demais perceptibilidade sensorial. No quinto passo, queremos investigar e aprofundar cientificamente a tifloperceptibilidade, com fundamental incidência no desenvolvimento dos sistemas sensoriais, da suplência multissensorial, dos processos da sociocomunicabilidade, mobilidade, independência e autonomia, interação e qualidade de vida das pessoas cegas e com baixa visão na sociedade.

– Estou fascinada! Estou desapontada e agradavelmente surpreendida com esse projeto e com a pormenorizada descrição que, tão animado, me estás a fazer!

– Bem, – continua Diogo – ainda temos mais cinco passos para dar. No sexto, pretendemos investigar e aferir as vantagens da tecnologização da tiflografia e dos modelos comunicacionais de acesso aos diversos discursos e suportes. No sétimo passo, desejamos investigar e definir métodos e técnicas, metodologias estratégicas, para a implementação e generalização dos conceitos de biblioinclusão, museu inclusivo, arquivo histórico inclusivo e de cidades educadoras inclusivas, cidades inteligentes, e acessibilidade das pessoas cegas e/ou com baixa visão à Sociedade da Informação, tecnologias da informação, comunidade e serviços, numa dimensão ecológica de acessibilidade e usabilidade, de equidade em direitos e igualdade de oportunidades. No oitavo, tencionamos investigar e promover a investigação científica em domínios novos nas áreas da comunicação linguística, aumentativa e alternativa, linguagens especiais e novas tecnologias, integrando a orientação de trabalhos de investigação científica avançada na área da tiflologia.

– E... não têm lugar nesse projeto também uns eventos para se partilhar a investigação em curso e os resultados que se vão alcançando?... – Pergunta Joana, encantada e ansiosa pela resposta.

– Claro que sim! Mas vejamos ainda o nono passo, cujo objetivo será fomentar, apoiar, elaborar e participar na validação de trabalhos de investigação e desenvolvimento científico, na área da tiflologia, em colaboração com centros de investigação de estabelecimentos universitários e outros, também no âmbito do estudo de outras problemáticas da deficiência em geral e da gerontologia, que estejam associadas à deficiência visual, bem como das apropriadas tecnologias de compensação. Finalmente, no décimo passo, há esse lugar que muito bem enunciaste, o da partilha e divulgação de projetos e resultados científicos, que é incentivar, apoiar e organizar congressos e outros eventos científicos, nacionais e internacionais, em colaboração com outras entidades públicas e privadas, visando a inclusão sociocultural e profissional, sócio intelectual e pedagógico-didática dos cidadãos cegos e/ou com baixa visão, oferecendo-lhes as necessárias e adequadas condições e apetrechos tecnológicos, nos planos da acessibilidade e usabilidade, no acesso à informação, formação, investigação, cultura, e até desporto e lazer. Contribuir, também num implícito processo de comunicação e mediação cultural para todos, para uma ação cada vez mais inclusiva das cidades educadoras e para o aumento do número dessas mesmas cidades em Portugal, na Europa, no mundo.

– Eh, lá! Bem, querido maridão, estou desconcertadamente maravilhada com esse projeto! Sinto que vamos ter todo o sucesso! Utilizo o majestático, como costumas dizer, falo no plural porque quero trabalhar contigo... quero envolver-me contigo também nesse grande projeto!

– Fico felicíssimo com a tua reação, minha sempre doce e inteligente METADE, metade com as letras todas maiúsculas! Só há felicidade num casal quando os dois são efetivamente as metades que se procuram e se conseguem encontrar. Sócrates tinha razão. O acaso ou a força de um destino insondável juntou-nos.

– E... em Portugal... em que sítio é que poderia nascer e implementar-se o projeto? – Quer Joana saber.

– Bem, impulsionado por uma questão histórico-cultural e científica, tenho vindo a formar e a sustentar ideias muito claras sobre a criação de um horizonte de pensamento e ação tiflológicos tão alargado quanto o nosso imaginário possa alcançar, onde a ciência, a cultura e a inclusão tenham efetivo e fecundo lugar. Por isso é que a minha ideia sempre me tem orientado para Castelo de Vide, que é o berço da materialização das primeiras manifestações para a emancipação social das pessoas cegas no nosso país, que é o topónimo histórico, ecolocalizacional e promissor, onde, no século XIX, a partir da filantrópica determinação de João Diogo Juzarte da Sequeira Sameiro em 1863, mas sobretudo na década de 90, uma nova esperança tiflófila e tiflológica começou a emergir e a ganhar cor, som e perfume, e a desenhar, num maravilhoso e sonhador auspício/ /templo franciscano, frutíferos itinerários na multissensorialidade do êxito, aberto com a afortunada chave do emérito justiceiro e paladino das pessoas cegas em Portugal, o Professor Branco Rodrigues. Este novo *design* de esperança tiflológica tem vindo a ser abraçado pelo humanitarismo, empreendedorismo, criatividade e inovação da Fundação Nossa Senhora da Esperança, cuja sublimidade interventiva e de reconhecimento de trabalhos científicos na área já se estende aos incentivos à investigação e à ciência, à cultura, à inclusão e qualidade de vida das pessoas cegas e com baixa visão.

– Fantástico! É que nem sequer é um projeto utópico! Tem pernas para andar, é necessário e urgente que ande. A tua generosidade intelectual é muito abrangente e muito profunda! Essa casa de ciência, cultura e inclusão... tem nela o teu nome como a força anímica do projeto. Nós contrariamos as utopias que pairam nas cabeças das pessoas... deixamos a generalidade das pessoas perplexas, confusas, com a nossa forma de ser e de estar... sinto que somos, sem dúvidas, aquele casal ideal! Mesmo na idealização, implementação e promoção de projetos de vida para o bem-estar e de revitalização humana à nossa volta... – Declara Joana, com uma graciosidade e solenidade retemperantes, implicitamente ostentando um ar de gratidão, transparecendo abundância em sensibilidade e saber, afetividade e cidadania.

- Não. O meu nome não tem importância nenhuma. Há já muitos e importantes caminhos abertos neste domínio por pessoas a cujos calcanhares não chego. Neste caso, o projeto é que tem a sua legitimação e o seu próprio impacto positivo para se impor de boa fortuna. Tens razão no que respeita ao facto de estarmos sempre prontos para fazermos acontecer proficuidade e dignidade nas coisas... Naturalmente, parece que somos os dois generosos e gratos. Procuramos como que impingir generosidade e gratidão à nossa volta...

– Como imaginando uma farta seara a germinar, seara de ações e de palavras a falarem a mesma língua... – Atalha Joana, expectante.

– É isso... muito lindo! À medida que vamos sendo generosos e gratos, sob o ponto de vista humano e científico, vamos semeando e cultivando ao mesmo tempo a união da generosidade e da gratidão...

– Vamo-nos envolvendo nessa substância formada por ambas, – adianta Joana, a gesticular de entusiasmo.

– Vamo-nos indissociando dessa substância formada pela generosidade e pela gratidão, como que nos dessedentando e saciando, a nós mesmos e aos outros, com essa maravilhosa e inesgotável fonte de bem-estar e de abundância. – Declara Diogo, vivamente convicto.

– Essa brilhante convicção, que também é a minha, é uma excelente alternativa, mais uma virtude inteligente, para conseguirmos enfrentar com habilidade e segurança as dificuldades e as incompreensões que as pessoas e as circunstâncias nos vão colocando no caminho, às vezes impedindo-nos de ir mais além...

– Papoila linda, nunca imaginei vir a ter o raio daquele acidente há cinco meses (tive um sonho horrível em bebé algo parecido!...), longe de mim alguma vez vir a ser surpreendido... mas sempre te digo que tem sido para mim, desde então, uma intensa descoberta de outros mundos e de outro universo que estavam submersos e inacessíveis no meu consciente, na minha utensilagem mental... Penso que, sem passar por esta experiência viva, talvez nunca me pudesse sentir cientificamente atraído para a investigação na área da tiflologia e da inclusão. Apesar da minha indiscutível sensibilidade e do meu grande investimento cognitivo e sociocognitivo na área das competências, pessoais e sociais, de todos os cidadãos, independentemente dos seus *deficits* ou superavits, suponho que não seria muito provável sentir-me capaz de me meter nesta aventura... uma aventura complexa mas profundamente motivante e aliciante, direi mesmo que se trata de uma apaixonante arqueologia intrapessoal e intelectual, em cuja investigação das surpreendentes relíquias, que tenho vindo a encontrar, se redimensionou o meu pensamento e me transformei, mental e efetivamente, em relação aos conceitos de deficiência e de inclusão. Até já projetei e já tenho num estado muito adiantado de elaboração um dicionário de termos alusivos a cada uma das tipologias da deficiência...

– Eu sei, meu lindo! Temos vindo os dois a aprender muito! Muito mesmo! E temos vindo a descobrir outros horizontes... inovadores horizontes... só acessíveis por intermédio da nossa capacidade auditiva e através da competência multissensorial que as circunstâncias, muito naturalmente, nos têm feito surgir e exercitar. – Acrescenta Joana, evidenciando-se bem no seu belo de se ouvir instrumento psicobiológico, a voz, que reproduz o seu encanto pessoal nas palavras, no rosto, no olhar, na paraverbalidade, nos gestos.

– É por isso que, nas aulas, nas reuniões de docentes e de projetos de investigação, nos trabalhos científicos, nas provas de mestrado, de doutoramento, de agregação e noutros eventos, tenho vindo a aprender e a certificar-me de que temos de obrigatoriamente persistir sempre na cultura e manutenção de uma desmedida generosidade intelectual, e não só, para sermos capazes de suportar os por vezes mais irreverentes e inesperados comportamentos humanos sobre aquilo que apenas se vê mas que se desconhece, no caso de querermos vencer.

– Aliás, como muito bem sustenta Jorge Luís Borges, "há derrotas que têm mais dignidade do que a própria vitória". E as tuas derrotas, que não são derrotas, as vicissitudes complexas por que tens passado, só se têm transformado em grandes vitórias. – Assevera Joana, redarguindo incisiva.

– Sim, as "derrotas" incentivam à promoção e consumação de grandes vitórias, a partir da fundamentada resposta a grandes desafios, com cada vez mais refinados desafios... – Justifica Diogo, retorquindo.

– Como também diz Borges, "não há prazer mais complexo que o do pensamento"... e tu pensas bem e gostas de pensar, e a dúvida estará sempre presente como "um dos nomes da inteligência"... – Consubstancia Joana.

– A esse propósito, estás-me a fazer lembrar de um grande amigo meu, que assina os seus escritos como Zé Luís, acrescentando sempre ao seu nome a frase: «A sabedoria tem dúvidas, a ignorância tem certezas». É uma expressão que podemos observar, desenvolvida, no Dicionário de Cultura Básica, de Salvatore d'Onofrio.

– De facto, em relação ao alcance e profundidade desse pensamento, não há mesmo dúvidas. – Concorda Joana.

– Temos de ser capazes de gerar, de modo muito natural e fundamentadamente, a indispensável intercompreensão sobre tudo aquilo que sabemos e que achamos conveniente e útil fazer também os outros conhecer e entender, esclarecendo-os e envolvendo-os na transformação de mentalidades e na estruturação saudável e ética da sociedade, para que todos nela tenham lugar e sem que o conceito de inclusão lá esteja a excluir ninguém... aliás, é o que, muito bem, tens vindo a defender... – Sublinha Joana.

– Acabou por me ser fácil e também enriquecedor, justamente com a tua inexcedível e incrível colaboração, habituar-me a ver com os olhos da lógica e da razão, do espírito e da intuição, com as mãos e os ouvidos, com o olfato e o paladar, com uma multissensorialidade e multiperceptibilidade que me dá outras informações e vertentes da vida interior e exterior, uma infinidade de universalismos e particularismos, de facetas da conceptualidade e da abstração, de que só há pouco tempo me comecei a aperceber, o que me tem suscitado um interesse investigacional irresistível e imparável... – Responde Diogo, caloroso e grato.

– És um espírito muito aberto, que absorves tudo o que te é transmitido, mas sendo o tudo sempre insuficiente para ti... – Acentua Joana, carinhosa – Eu, tudo o que vejo e de algum modo observo, mostro-te, até as cores das diferentes flores, o viço da primavera... Nem que seja, no caso de não poderes tocar com as mãos, seja uma refeição empratada ou um bolo, usando um apêndice extensor qualquer, uma colher, um garfo... Nem que seja fazendo-te tocar as coisas, por exemplo do género do arco-íris ou de uma bela paisagem, com as minhas palavras e com a minha multissensorialidade que também já venho a desenvolver e a exercitar naturalmente... com tanto prazer! – Acrescenta ainda Joana, num sorriso afetivo e envolvente.

– Claro... e temos de ser abertos e participativos, com uma cultura da escuta atenta e sem reservas... a confiança no que em consciência assumimos e a fidelidade ao que nos comprometemos é um reconfortante exercício intelectual e humano que fazemos... – Atalha Diogo – Embora às vezes não seja fácil confiar e ser fiel... porque confiar e ser fiel parece ser, por vezes, apenas uma sublime compleição teórica de coragem e força humana... Só o berço e os hábitos sãos, a educação e a formação em consciência fazem dessa dualidade conceptual uma imprescindível prerrogativa humana séria e firme, feliz e fecunda, não se ignorando nem menosprezando ninguém, nenhuma categoria social, nenhuma sociedade, nenhum tipo de civilização.

– Aliás, nessa aceção, está aí o sentido do segredo com que podemos lidar com as relações e interações humanas e o conceito de felicidade desejável... – Intercala Joana.

– Pois sim, meu belo arco-íris da inspiração e do saber, o segredo da felicidade está na liberdade e na verdade, na coragem e no compromisso humano para, de forma abnegada e natural, entendermos e incorporarmos em nós mesmos, promovermos e partilharmos no meio envolvente esse polinómio em interajuda permanente com os que, pelo menos de algum modo e independentemente das suas desvantagens ou maleitas, interagem connosco.

– És um hegeliano, só te entregas com paixão ao cumprimento das grandes questões... efetivamente, nada de grande no mundo se cumpre sem paixão! – Acentua Joana.

– Mas temos de saber e de ser capazes de agir juntos, no âmbito daquela conhecida fórmula, há muito tempo ouvida e que nunca deve ser esquecida...

– Já sei, – adianta Joana, a rir – a fórmula dos três cês: coração quente, cabeça fria e capacidade de humor.

– É verdade, sim, – acrescentando célere Diogo – cientes de que nada de grande poderemos cumprir no mundo sem paixão, nessa paráfrase hegeliana, mas também, implicitamente, ganhando capacidade e competência para sabermos ser capazes de agir sempre na dinâmica dessa fórmula trinomial dos Três Cês, "Coração quente + Cabeça fria + Capacidade de humor...", VENCEREMOS!

– Muito bem! – Aplaude efusiva Joana, a sorrir, com fofas palminhas, aceleradas e quase inaudíveis.

– E o bom humor promove sempre o bem-estar entre as pessoas, o riso é por vezes uma arma humana redimensionante das circunstâncias, e a inclusão acontece naturalmente, sem que pensemos no conceito.

– Parecemos uns autênticos grazinas... não nos conseguimos calar... – Diz Joana, deixando escapar uma gargalhada de orelha a orelha. Diogo também solta uma gargalhada, com bastante estridência. Verificam que, para além dos três empregados encostados ao balcão, a rirem-se também, são as únicas pessoas ali, os últimos clientes ainda à mesa. Diogo e Joana, ligeiramente contrafeitos pelo facto, pedem que lhes tragam a conta, desfazendo-se em desculpas por não se terem apercebido do tempo a passar, reconhecendo o justo direito ao descanso dos empregados. Os empregados manifestam-se com afabilidade, dizendo que estão ali para servir os clientes, com todo o dever e prazer. Um deles aproxima-se com quatro sobremesas num tabuleiro. Duas mousses de chocolate e duas saladas de fruta. Diogo escolhe a mousse e Joana a salada de frutas. Deliciam-se com as sobremesas, na primeira volta. O tabuleiro ficara na mesa com as outras duas sobremesas, irresistíveis.

– Olha, vamos à segunda volta – sugere Diogo.

– Dividimos a salada e a mousse entre os dois... – Arrisca Joana.

– Negócio adjudicado – responde Diogo. Comem a rir-se, gratificados com a ideia de terem consumido quatro sobremesas. Pedem dois cafés e a conta. A conta chega à mesa, mas não inclui as sobremesas e os cafés.

– Os senhores não incluíram as sobremesas nem os cafés... – Alerta Joana.

– É oferta da casa! – Diz um dos empregados, com semblante de patrão, associando à informação um simpático assentimento gestual de todos. – Gostámos muito de os cá ter. Queremos que voltem e que nos visitem com regularidade – sublinha o mesmo empregado, igualmente com a amável manifestação de concordância no rosto de todos.

– É muito agradável ouvir da gerência e dos funcionários de um restaurante palavras de tanta simpatia e cortesia – assevera Diogo, acompanhado da sorridente e cortês postura de Joana. Pagam e deixam uma generosa gorjeta, despedem-se de todos, com um aperto de mão e no seu habitual até sempre.

– Nós os dois, curiosamente, seja em desacordos ou desarmonias seja em intercompreensões agastadas ou de contornos vagos e indefinidos, preferimos sempre fechaduras doces, perfumadas e multicolores do substancial e multiplicável bom relacionamento, interação e de bem-estar humano e humanizado, a fechaduras azedas, cinzentas e promotoras de antipatias e germinação de indiferenças ou cortes definitivos. E aqui temos o perfume, das vossas palavras e simpatia, e a doçura, simbolizada na mousse que nos ofereceram. – Sustenta Diogo.

– De facto, citando a sabedoria e o perfume das palavras de um autor desconhecido de língua castelhana, – prossegue Joana – "os pais veem o filho como um pedaço da sua própria carne. Os avós, sábios, veem o neto como um prolongamento da sua essência. A carne cresce, reproduz--se e desvanece-se. A essência purifica-se, transforma-se e perpetua-se.

Por isso, enquanto os primeiros ambicionam da sua semente fazer um Homem, os segundos procuram transformar esse Homem num Anjo"...

– Isso significa, como costumas dizer, que temos de ser capazes de ir passando pela vida, com a vida, gerando mais vida, maravilhando a vida e deixando história feita para a perpetuar... – Conclui Diogo. Os empregados ficam maravilhados e boquiabertos a ouvi-los. O casal sai, vai-se afastando até ao carro... entram e acenam mais um adeus aos empregados, que vieram à porta, encantados. Joana arranca devagar, mas a conversa não tem fim.

– Ao longo da vida, com inteligência e saber, vamo-la aperfeiçoando e consolidando a essencialidade dos seus alicerces e estrutura com o que de bom semeamos, cultivamos e partilhamos... – Remata Joana, com atenção ao trânsito, numa condução segura.

– Apesar do mal escondido na grande maioria dos corações humanos nos poder surpreender nas mais diversas formas... – Contrapõe Diogo – Porque temos, numa generalidade, uma natural tendência para a crueldade (por sermos essencialmente maus), essa natureza cruel só é minimizável através da refletida e séria celebração estratégica de pactos sociais e políticos, educacionais e culturais, pedagógicos e de sensibilização pública para o estabelecimento de entendimentos na ética da vida.

– E porque somos efetivamente diferentes, pelo facto de não nos vergarmos à premência das vicissitudes da imprudência, dos oportunismos e dos egoísmos, vamo-nos esforçando cada vez mais em sobrepor a solidariedade e a partilha aos egoísmos, procurando fazer coisas diferentes, dignas e profícuas, de modo a diluir ou mesmo anular, na medida do possível, tudo aquilo que nos possa travar no processo da eticização da vida, de uma cada vez maior humanização da vida. – Persiste Joana.

Diogo e Joana estão no último dia de férias, neste verão quente climaticamente e de emoções. Vão regressando a casa, onde os dois filhos os aguardam, saudosos e surpresos pelo facto dos seus pais terem, pela primeira vez, feito férias sozinhos, permitindo-lhes ficarem também a passar férias em casa, com amigos. Diogo e Joana deixam-se acolher, serenos, numa tranquilidade de espírito, que as circunstâncias e o repouso lhes oferecem. A saudável perenidade do autoconhecimento e da problematização, fundada em vivos exemplos teórico-empíricos para a vida na sociedade de todos, pode originar, desenvolver e consolidar acessibilidades nas mais diversas áreas cognitivas, mas desde que as palavras e as ações se indissociem num mesmo propósito inclusivo, num mesmo sentimento discursivo, e que falem a mesma língua. Sentem que as palavras orais ou graficofoneticamente representadas, na sua dimensão intonacional e da glossemática, representam e reproduzem as nossas diferentes circunstâncias e memórias desde o fundo dos tempos.

– As palavras são as sementes vitais da luz e do fomento comunicacional e sociocomunicacional, cognitivo e sociocognitivo, relacional e interacional nas universalidades do "mundo da vida", do desenvolvimento humano e do progresso em geral. – Adianta Diogo.

– As palavras permitem-nos viajar e voar na ubiquidade comunicacional, nos dados controlados (ou ínvios e por vezes sem domínio) em rede, nas diferentes redes sociais, na sua permanente e cada vez mais refinada intrusão nas nossas vidas, sob a forma de "big data" (os grandes e crescentes arquivos de dados) ou de "normose", a proeminência dos nossos tempos. – Reforça Joana.

– Estás a aludir à psicologia transpessoal da Europa, com o pioneiro, filósofo e teólogo Jean-Yves Leloup (nascido em 1950 em Angers-Loire, França), no que respeita ao conceito de "normose"… que se pode caraterizar pela desmedida ambição e que pode pôr em causa os princípios éticos de certos padrões de relação social. – Refere Diogo, enquadrando o conceito, observando o atento assentimento de Joana.

– Sim, mas profundamente consciente de que temos de ser sempre positivos e refinar cada vez mais esse sentimento, o de sermos positivos, de forma a não inviabilizarmos um bom destino. – Clarifica Joana – Aliás, deveríamos ser capazes de agir sempre em conformidade com o pensamento de Mahatma Gandhi (1869-1948): "mantenha os seus pensamentos positivos, porque os seus pensamentos tornam-se as suas palavras. Mantenha as suas palavras positivas, porque as suas palavras tornam-se as suas atitudes. Mantenha as suas atitudes positivas, porque as suas atitudes tornam-se os seus hábitos. Mantenha os seus hábitos positivos, porque os seus hábitos tornam-se os seus valores. Mantenha os seus valores positivos, porque os seus valores... Tornam-se o seu destino".

Diogo e Joana, pela sua maneira de ser, parece que se acham às vezes um pouco perturbados pela ausência de tempo para escrever, para lançar ao papel ou no computador as interessantes reflexões que permutam entre si. Sentem que há ideias únicas que só nos podem ocorrer uma vez na vida, e que se perdem nos paraísos do pensamento por falta de tempo para as acolher e tratar. Mas preenchem substancialmente muito bem os seus tempos de viagem e de diálogo.

– Servindo-nos de um neologismo miacoutiano, temos de "abensonhar" a vida, seja na sublimidade do que nos proporciona seja nas adversidades com que nos molesta. A vida é um itinerário singularmente surpreendente e fascinante, como legado divino inviolável e fecundo que nos foi entregue para gerirmos, suportarmos e vencermos todo o tipo de intempéries, com tristezas ou alegrias, vociferando ou sorrindo-lhes. – Precisa Joana, aprimorando alguns pormenores emergentes nas suas sempre ricas conversas.

– Só temos de agradecer e reconhecer muito o estarmos vivos e o pugnarmos incessantemente por uma vida digna, onde todos tenhamos lugar sem aquelas obstruções invisíveis que às vezes se sabem esconder e exibir numa qualquer circunstância oportunística, fragilizando-nos e persuadindo-nos. – Acrescenta ainda Joana.

– Já me confrontei, como bem sabes, com sensações muito complexas... – Relembra Diogo – quando naquele dia, inseguro das suficientes forças para vencer, te dizia... tão depressa me sinto asceta, numa enseada enfurecida no abismo, como me sinto monólito-paraíso inexpugnável, num império colossal de idílios e maravilhas, como me sinto, por vezes numa espécie de meio termo, a alcandorar-me numa mão a voar na incerteza e na outra a deliciar-me na descoberta e no reencontrar-me na projeção de futuros...

— Mas essa segurança, que inequivocamente já conquistaste, já te tranquiliza e já te confere outro tipo de análise e de sentimento. — Declara Joana, determinada.

— É verdade. Sim. E podemos negociar e exercitar dentro de nós mesmos resistências e competências pessoais e sociais que dão à emoção e à inteligência emocional, à humildade e à tolerância, à coragem e à generosidade na solidariedade e na partilha, à sensibilidade e à cultura, à harmonia e à esperança mais poder e mais força para sermos íntegros e indómitos nas nossas convicções e decisões... — Encerra Diogo, já com as férias terminadas, a chegarem a casa, já se ouvindo as boas vindas dos filhos, numa algazarra de vivo contentamento, alegria e reconforto pelo regresso dos pais. Num instante, voaram os quatro para um mútuo abraço de saudade e efusivamente profundo!

«Safras da Olhalva» cumprem aqui o seu primeiro passo, ideadas e formalizadas, ficcionadamente num realismo efetivo, cinco ocasionais momentos sucessivos, cinco safras (as sementeiras e colheitas têm a índole e as tipologias que o nosso imaginário for capaz de conceber) essencialmente de natureza humana e com a génese na fertilidade agrícola e humana de um recôndito lugar mágico do Baixo Alentejo, epitetado de "Monte da Odisseia". É uma magia que se estende e multiplica noutras safras que, no seu todo, simbolizam um indissociável abraço de quatro vidas à maravilhosa vida... A terra de duas sementeiras e colheita de duas novidades anuais é a origem de promissoras sementes, sementeiras, searas e colheitas, da doce emergência de árvores fecundas e de frutos profícuos, que proliferam e vão além-fronteiras, investindo nos grandes valores humanos, no seu alargamento, aprofundamento e utilização no mundo inteiro. Diogo e Joana, as árvores, deram o primeiro passo, seguido de mais passos, deram frutos que, certamente, se irão multiplicando no futuro, perpassando vicissitudes tão diversas e misteriosamente complexas, o primeiro passo na biodiversidade de uma viagem em cinco dimensões, cujo objetivo mais desejável será a mesma ser um tesouro permanente de descobertas e nunca ter fim... No fundo, o curso e efeito dos conceitos é como a crescente pressão do volumoso caudal de um rio exercida nas suas margens, fazendo-as naturalmente ceder, alargando-as e, por consequência, ganhando e preenchendo com as suas águas cada vez mais espaços vazios, sedentos e famintos... à espera das imperativas soluções, só dinamizadas pela força da universalidade de olhares, que estão na fertilidade do imaginário humano, assente na cultura da dignidade e da partilha, da humanização das pessoas e do mundo da vida.

Todavia, não obstante os imensuráveis adicionais que Diogo e Joana sempre colocam no enriquecimento dos seus diálogos, para ambos é inequívoco que as palavras constituem (como o nosso próprio e indispensável respirar) as fartas e fecundas searas de pensamentos e ideias, de inovação e criatividade, o alimento e a materialização laboratorial sintática, semântica, pragmática e do valor semiótico de tudo, da significação, aplicação e usabilidade dessas sementes e searas na progressiva formação e transformação de mentalidades para a revolução social, edificação e consolidação de sociedades e das transversalizantes redes sociais (incorporando a formação das diversas culturas desde a imanência pensante até à atual comunicação intercultural, multiétnica e cibercultural), rumo a um desejável mundo humano, global e cosmopolita, cada vez mais natural e eticamente inclusivo, numa recíproca aceitação uns dos outros.

A génese do entendimento e intercompreensão da significação e sentido do fenómeno da vida, e do respetivo desenvolvimento e progresso, está no fenómeno da comunicação. É na génese da significação e sentido do fenómeno da vida que encontramos o fenómeno comunicacional, que é o responsável pelos fenómenos vitais do pensamento, do desenvolvimento humano e do progresso a todos os níveis. O saudável e fecundo relacionamento e interação intrapessoal, interpessoal e interinstitucional, é um imperativo moral e ético para que a humanidade seja mais dignidade e a humanização aconteça em todos os domínios e se universalize, dignificando e colocando o mundo da vida ao alcance de todos, sem exceções.

"Safras da Olhalva" é um arauto de vida e de esperança, esculpido a prosa e a poesia, dourado a flores sublimes do viço das cores da magia, com a fragrância das policromáticas viagens e das estimulantes paisagens, num design que só a razão e o coração inventam e difundem. É um sorriso conceptual e provocatório da recuperação de alguns regionalismos lexicais em vias de extinção; da metaforicidade vivificante e humanizante da vida; da espontaneidade e afetividade, procura e descoberta, participação social e cidadania, solidariedade e partilha, amor e felicidade, prazer, emoção... Da história, cultura, ficção, ciência, inclusão.

«Safras da Olhalva» é uma metáfora vital, protagonizada sobretudo por duas árvores, Joana e Diogo, que o romance apanha e mima, que a poesia perfuma e alimenta, que a ficção eleva e prolifera, que o realismo agarra e a ilimitada universalidade do olhar abraça.